KB136707

잘랄 앗 딘 알 루미 우화잠언집

나는 다른 대륙에서 온 작은 새

나는 다른 대륙에서 온 작은 새

초판 1쇄 펴낸날 2014년 8월 18일

지은이 | 잘랄 앗 딘 알 루미
옮긴이 | 최준서

발행인 | 이종근
편집 | 김은경 디자인 | 안수진
마케팅 | 이종근 · 임동건

펴낸곳 | 하늘아래
주소 | 서울시 종로구 이화장1가길 6 부광빌딩 402호
전화 | 02-374-3531 팩스 | 02-374-3532
전자우편 | haneulbook@naver.com
등록번호 | 제300-2006-23호

ISBN 978-89-89897-91-0 (03890)

값 15,000원

잘랄 앗 딘 알 루미
우화잠언집

나는 다른 대륙에서 온 작은 새

Jalāl al-Dīn al-Rūmī
최준서 옮김

타브리즈의 샴스에게

●

타브리즈의 영광!

샴스의 얼굴에 깃들인 태양

모든 유한을 영원으로 바꾸어 비추는 샴스의 은총

●

– 루미

아랍인들은 시를 대단히 좋아한다.

시는 특히 함축성이 커서 그들의 언어로 된 표현 방식 가운데 가장 으뜸으로 쳤다.

아랍인들은 시를 역사나 지혜, 고귀함을 얻는 수단으로 여기며 정확한 표현이나 뛰어난 형태를 사용함으로써 시를 모든 일을 판단하는 천부의 시금석으로 삼았으며, 이 같은 믿음은 오랫동안 지속되었다.

시행을 나누거나 모음에 관계없이 자음의 수를 맞추면서 생기는 운율은 음악에 관한 책을 보면 알 수 있듯이 음악이라는 바다에 하나의 물방울에 지나지 않는다. 그러나 당시 아랍인들은 학문을 하거나 기술을 익히는 방법을 터득하지 못했으므로 오직 시밖에 모르는 사막 생활 양식이 전부였다.

낙타몰이꾼은 낙타를 몰면서 노래를 하고, 청년들은 혼자 있을 때 노래를 부른다. 그들은 소리를 반복해서 내며 콧노래를 부른다.

●

이븐 할둔(1332~1406), 『역사 서설Muqaddimah』 중에서

이 순간 서구인들의 마음 한가운데에서
특별한 탄생이 열리고 있다.

위대한 신비주의자들을 이해하고 그들을 인류의 진정한 영웅이자
참 인도자로 삼으려는 물결이 일어나고 있다.

또한 이 순간은 인류를 향한 루미의 임무에 있어
그 신성이 발휘되는 순간이며, 잉태의 순간이며,
루미와 신성의 빛이 인류의 의식을 사랑과 결합시키는 순간이다.

●

앤드류 하비

차례 | Contents

제2장 | 모든 존재가 환희의 술병이나니

신비의 르네상스로 인류의 문명을 일깨운 영혼의 스승, 루미

위대한 신비주의자이자 시인이었던 잘랄 앗 딘 알 루미가 서부 터키의 코니아의 일몰 속에서 잠든 것은 1273년 12월 17일, 그의 나이 66세였다. 이로써 깨달음의 기쁨 속에 산 30년 동안의 삶을 마감한 것이다.

서정시집 《타브리즈의 태양시집太陽詩集》을 비롯하여 총 6권, 2만 7천여 대구對句로 된 대서사시인 《영적인 마스나위》가 그의 유산으로 남았다. 이 루미의 작품들은 마울라위야 교단의 형성에 토대가 되었으며, 그의 아들 술탄 왈라드와 제자들에 의해 계승되었다.

이 도도한 물결은 북부 아프리카에서 아라비아 반도를 지나 터키와 유럽, 중앙아시아 그리고 멀리 인도까지, 크고 작은 모든 마을들이 루미의 시와 그 신성의 영광으로 뒤덮이게 만들었다.

시인이자 작가이며, 루미의 시와 그 영적인 세계의 적극적인 전파자인 앤드류 하비는 루미의 영향력에 대해 이렇게 말한다.

"그의 죽음 이후 모든 세기 동안, 그리고 이슬람의 성쇠와 비극의 모든 역사가 흐르는 동안 루미의 시는 순례자들과 성직자들에 의해 끊임없이 읊어졌다. 서양의 동양학자들에게 루미는 모든 신비주의 시인들 중 가장 위대한 인물로 알려졌으며, 동양의 숭배자들에게 루미의 작품은 그 숭고함과 심오함, 신비스러움과 성스러움으로 코란에 버금가는 추앙을 받았다.

제2차 세계대전이 일어나기 전, 발칸 반도와 아프리카, 아시아에 걸쳐 마울라위야 교단의 제자들은 10만 명을 헤아렸다. 역사상 그 어떤 시인도, 심지어 셰익스피어나 단테조차도 루미처럼 인류 문명에 깊은 영향을 주지 못했으며 찬양과 환희와 동경을 불러일으키지 못했다."

루미는 카비르나 라마크리슈나에 앞서 사랑의 광채를 지니고 그 속에서 살다 간 몇 안 되는 우주적 존재 중의 한 사람이다. 루미가 보여준 것들은 모든 종교적인 신념과 철학적인 이해를 넘어서 있다. 그 깊고, 다채롭고 무한한 메시지는 신만이 만들어 낼 수 있는 인간 속의 깊은 사랑을 보여준다.

✣ ✣ ✣

루미는 1207년 9월 30일, 아프가니스탄의 발흐에서 법관과 종교학자로 이름난 집안의 아들로 태어났다. 그의 아버지 바하 앗 딘 왈라드는 '학자들의 술탄'이라 칭송 받는 저명한 신학자이자 수피였다. 그는 철학과 도그마를 넘어 신을 향해 깊이 들어가 곧은 열정과 용기, 장엄한 가슴으로 아들에게 깊은 영감을 불어넣어 주었다.

루미가 태어난 때는 역사적으로 극도의 혼란기였다. 오스만제국은 안으로는 종교적 방종과 정치적 쇠락, 밖으로는 기독교 침략자들과 칭기즈칸의 몽골 군대와 맞서고 있었다. 이런 혼란의 공포는 루미의 어린 시절에 찾아왔다.

루미가 열두 살이 되던 1219년, 그는 일찍이 종교적 박해와 몽골의 침략을 예견한 아버지를 따라 고향 발흐를 떠난다. 그리고 일 년 뒤인 1220년, 압바스 왕조와 사만 왕조의 수도이자 학문의 도시라는 명성을 얻었던 발흐는 칭기즈칸의 몽골 군대에 의해 폐허가 된다.

그 뒤 루미의 가족은 10년 동안 아시아의 작은 왕국들과 아라비아를 떠돌며 지낸다. 그 10년의 세월 동안 루미는 몇 차례 잊지 못할 만남을 가진다. 메카를 향한 순례 도중에 루미는 이란의 니샤푸르에서 페르시아의 위대한 수피 시인 아타르를 알현한다. 그를 본 아타르는 "이 소년이 장차 위대한 사랑의 문을 열 것이다."고 말했다고 한다. 루미는 아타르와의 만남을 오랫동안 잊지 못했다. 루미는 "내가 이 좁은 골목 모퉁이에 사는 동안 그는 아름다운 일곱 도시를 여행했다."며 아타르를 회상하곤 했다.

또 아버지와 다마스쿠스를 여행하던 중에 루미는 당대 최고의 수피 철학자였던 이븐 알 아라비를 만난다. 이븐 알 아라비는 아버지의 뒤를 좇아가는 루미를 보고 이렇게 말했다고 전해진다. "신에게 영광이 있기를…. 바다가 호수를 뒤따르는구나."

열일곱 살의 루미는 사마르칸드의 귀족 집안 출신인 고어 카톤과 결혼한다. 그리고 두 아들, 술탄 왈라드와 알라앗 딘 텔레비를 낳는다. 아르메니아에서 머물던 루미의 아버지는 코니아의 술탄, 케이코바드의 초청을 받아 코니아로 간다. 1229년의 일이다. 루미라는 그의 이름도 그가 소아시아rum에 정착해 살게 된 데에서 유래했다. 코니아의 술탄은 루미의 아버지를 위해 마드라사라는 종교 학교를 지었고 그곳에서 루미의 아버지는 학생들을 가르쳤다. 그러나 그 기간은 그리 오래지 않았다. 2년 뒤, 루미의 아버지 바하 앗 딘 왈라드가 죽자, 스물네 살의 루미가 아버지의 후계자로 대를 잇는다.

물론 루미의 영적 · 지적 교육은 그 뒤로도 지속되었다. 루미는 아버지의 제자였던 부르한 앗 딘 무하키크가 코니아에 와서 루미에게 이란에서 발달한 몇 가지 신비적인 이론들을 더 깊이 알려주는 등 잘랄 앗 딘의 정신 세계 형성에 커다란 공헌을 했다. 이미 수학, 물리학, 법학, 천문학과 아랍어, 페르시아어 등과 코란에 능통해진 루미는 알레포와 다마스쿠스로 다시 여행을 떠난다. 서른 살에 코니아로 돌아온 루미는 아버지의 영적 은총을 지닌 명석하고, 신실하고, 섬세한 젊은 학자가 되어 있었다. 루미의 명성은 곧 널리 퍼졌다. 그의 아들 술탄 왈라드의 기록에 의하면, 1224년에 이미 루미의 제자는 1만 명에 이르렀다고 한다.

1244년 11월 30일, 서른일곱 살의 루미에게 위대한 분해와 파괴의 순간이 찾아온다. 그리고 사랑의 영광이 그를 구해낸다. 타브리즈의 샴스를 만난 것이다. 이날 그는 전에 시리아에서 첫 대면을 했던 떠돌이 성인인 타브리즈 출신의 수도승 샴스 앗 딘을 코니아의 길거리에서 다시 만난다. 샴스가 어떤 전통의 신비주의 교단 출신인지는 확실치 않으나, 그의 압도적인 개성이 루미에게 신의 권위와 아름다움에 관한 신비함을 가르쳐주었다. 샴스를 처음 본 순간을 훗날 루미는 이렇게 묘사했다.

"수많은 거리의 사람들 중, 오직 그만이 내 눈을 채웠다. 나는 모든 경전을 알고 있었고, 그 경전 속의 신을 알고 있었다. 그날 신이 한 사람을 통해 나에게 현현한 것이다."

루미의 전기 작가였던 아프라키는 그 장면을 이렇게 묘사하고 있다.

"샴스는 신에게 기도했다. 당신의 의지와 신성을 나타낼 수 있도록 저를 인도하소서. 저에게 저를 견딜만한 용기와 인내와 강함을 가진 사람을 주소서. 발흐의 바하 앗 딘의 아들에게 저를 인도하소서. 그 청년이 당신을 대변할 인물입니다. 신이 되물었다. 그럼 너는 내게 무엇을 주겠느냐? 제 생명!"

일설에 의하면 샴스의 스승인 루큰 앗 딘 산야비가 샴스에게 루미를 알려주었고 코니아로 가서 가르침을 베풀도록 했다고도 한다.

샴스와 루미는 그날 이후 40일 동안을 둘이서만 지낸다. 루미는 모든 것을 배웠고, 샴스는 루미와의 만남 이전에 이미 모든 것을 주었다. 그 뒤 수개월 동안 이 두 신비주의자는 가까이 붙어지냈다. 그러나 이미 거대한 집단의 지도자인 루미에게 이런 특별한 시간들이 측근들에게는 많은 오해와 불만을 키우는 시간이기도 했다.

결국 측근들은 1246년 2월, 샴스를 마을에서 강제 추방한다. 루미가 그로 인해 그의 제자와 가족을 소홀히 대했다는 것이 그 이유였다. 루미가 비탄에 빠지자 그의 큰아들인 술탄 왈라드는 결국 샴스를 다마스쿠스에서 다시 데리고 온다. 그러나 그의 가족은 샴스와 루미의 특별한 관계를 너그럽게 받아들일 수가 없었다. 1247년 어느 날 밤, 샴스는 영원히 자취를 감추었다. 그는 살해되었고, 루미의 아들들은 이 사실을 알고 있었다. 그리고 최근에서야 코니아에 아직도 남아 있는 한 우물 근처에서 그의 주검이 발굴되었다.

샴스가 죽은 지 몇 년 후, 루미는 오랫동안 친구이자 제자로 지낸 대장장이 자르쿠브의 가게에서 황홀감을 경험한다. 어느 날 코니아의 장터에 있는 자르쿠브의 가게 앞에서 망치질 소리를 듣고 있던 루미가 갑자기 춤을 추기 시작한 것이었다. 이때 환희의 경험이 루미로 하여금 시를 쓰게 했다고 한다. 자르쿠브가 죽은 뒤 그의 딸은 루미의 맏며느리가 되었다. 그리고 후삼 앗 딘 첼레비가 그의 새로운 정신적 연인의 자리를 대신한다.

루미의 대표 작품인 《영적인 마스나위》는 바로 이 후삼의 영향을 크게 받은 것이다. 후삼은 일화 · 우화 · 이야기 · 격언 · 비유 등의 글을 군데군데 넣은 긴 시들을 통해 신비주의의 가르침을 전하려고 했던 아타르와 사나이의 시작 기법을 따를 것을 루미에게 권했다. 루미는 후삼의 충고에 따라 수년 동안 거의 2만 6천 행에 달하는 마스나위(2행 연구連句로 된 페르시아 문학의 독특한 형식)를 지었다.

그는 후삼을 데리고 다니며 거리나 목욕탕에서도 자신의 시를 낭송했으며, 후삼은 이를 받아 기록했다고 전해진다. 샴스를 통해 진정한 수피가 되고, 사랑과 동경, 결별의 경험들을 겪으면서 시인으로 성장한 루미는 자신의 생명이 다할 때까지 30년 동안 수많은 시와 우화를 통해 이슬람 문학의 정수를 꽃피웠다. 루미의 마스나위는 700여 가지 이야기를 중심으로 수피즘의 교의, 역사, 전통을 노래하여 오늘날 '신비주의의 바이블', '페르시아어의 코란' 등으로 불리고 있다.

그의 신비한 시들은 루미의 신성을 향한 사랑의 여러 단계들을 반영하고 있다. 특히 신비주의적 교의와 페르시아의 전통과 역사, 그리고 일상 생활의 그로테스크한 묘사와 가벼운 익살과 풍자를 동시에 아우름으로써 성 · 속을 넘나들며 자신의 사상과 감정을 상황에 따라 거침없이 드러냈다. 따라서 때로는 서로 모순되거나 상징물들이 뒤바뀌어 독자들을 당황하게 만들기도 하지만, 그 이야기의 바탕에는 늘 인간에 대한 절대적인 신의 사랑이 자리하고 있으며, 그 사랑을 얻음으로써 인간은 자아를 잊고 신과 하나가 되는 '파나'의 경지에 이를 수 있음을 끊임없이 강조하고 있다. 아울러 그는 대부분의 서정시 끝 부분에 자신의 필명 대신 샴스의 이름을 적어 넣음으로써 그 스스로 샴스의 새로운 현현이자 사랑하는 사람과의 완전한 하나됨을 꿈꾸었다.

이런 루미의 법열의 삶은 《영적인 마스나위》를 완성함으로써 끝났다. 그의 후계자는 후삼 앗 딘이 되었고, 후삼의 뒤를 술탄 왈라드가 계승했다. 그리스도교 수사들과 고위 관료들조차 루미의 제자들을 찾아다니자, 왈라드는 제자들의 느슨한 조직을 마울라위야 교단으로 통합, 조직했다. 마울라위야란 명칭은 루미를 가리켜 부르던 '마울라나(아랍어로 '우리의 지도자'라는 뜻)'에서 비롯됐으며, 터키어로는 '메블레비야'라고 부른다.

이 교단은 아나톨리아 전지역으로 확산되어 15세기에는 코니아와 그 주변 지역을 지배했고, 17세기에는 이스탄불까지 세력을 넓혔다. 이 교단은 의례적 기도인 지크르의 음악 반주에 맞추어 오른발로 빙글빙글 돌면서 춤을 추어 서양에서는 이들을 '빙글빙글 돌며 춤추는 데르비시'라고 부르기도 한다.

1925년 9월, 새로 들어선 터키의 공화정 정부는 법령에 따라 터키의 모든 수피 교단을 해체시켰다. 이에 따라 마울라위야 교단은 시리아 알레포에 있는 몇몇 수도원으로 옮기거나 중동의 소도시에 흩어져 겨우 명맥을 유지하게 되었다. 1954년, 터키 정부는 코니아의 마울라위야 교단의 데르비시들이 해마다 2주 동안 관광객을 위해 의례적인 춤을 출 수 있도록 특별 허가를 내렸다.

코니아에 있는 루미의 무덤과 유물은 공식적으로는 코니아 박물관에 속해 있다. 그러나 그를 기리는 순례자들에게 코니아의 박물관은 단순한 유적지가 아닌 지금까지 살아 있는 정신의 요람으로 기능하고 있다. 이를 반영하듯 지난 30년 동안 루미의 작품들은 이슬람 세계를 넘어 세계 곳곳에서 되살아나 연구되고 번역되는 등 놀라운 속도로 확장되고 있다. 특히 1990년 후반, 콜맨 바크의 번역물이 미국에서 베스트셀러가 되면서 루미에 대한 관심이 더 이상 허상이 아님을 입증했다.

이는 예술 세계에서도 예외는 아니다. 언어와 종교를 초월한 수많은 음악가들이 루미의 시에 곡을 붙여 노래를 부르고 있으며, 대중들은 그 음악을 통해 자신의 내면을 돌아보며 화답하고 있다. 루미가 오늘날 시름시름 앓으며 죽어 가고 있는 인류 문명을 신비의 르네상스를 펼쳐 일깨우고 있는 것이다. 그가 새로운 뿌리이자, 친절한 스승, 영혼의 치료자로 다시 살아나, 더 늦기 전에 우리 자신과 우리의 행성을 파괴하는 행태를 멈추고 새로운 깨달음의 비전으로 옮아가도록 우리를 돕고 있는 것이다.

앙드레 말로는 "21세기는 종교적인 시대가 되어야만 하고, 그렇게 될 것이다."고 말했다. 이제 누가 그 시대의 문을 열 것인가는 자명해진 듯하다.

역자 최준서

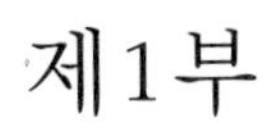

제1부

깨달음을 위한 우화

우리 안의 비밀스러운 변화가

우주의 변화를 만든다

일러두기

1. 맞춤법과 띄어쓰기는 '한글 맞춤법'에 따랐다.
2. 뜻과 발음이 모호한 한자나 외국어는 원어를 병기했다. 단 아랍어의 경우는 아랍어의 영문 표기로 대신했다.
3. 이 책은 1) The Mathnawi of Jalaluddin Rumi, by Reynold Nicholson, London, 1925~1940, 2) The Rubaiyat of Jalal al-din Rumi : Select Translations into English Verse, by A.J. Arberry, 1949를 저본으로 발췌 번역했다.

제1장

힌두로 돌아가는 꿈을 꾸는 코끼리

나는 다른 대륙에서 온 작은 새

온종일 생각했습니다. 그리고 밤이 되어 입을 뗍니다.

나는 어디에서 왔을까? 나는 무엇을 하고 있나?

모르겠습니다.

하지만 분명한 것은 나의 영혼은 다른 곳에서 왔다는 것입니다.

그리고 그곳에서 내 생의 끝을 마치고 싶습니다.

이 취기는 다른 주막에서 시작되었습니다.

그곳 언저리로 다시 돌아가면 나는 온전히 취할 것입니다.

나는 다른 대륙에서 온 작은 새.

그런데 이 새장에 앉아…

다시 날아오를 그 날이 오고 있습니다.

지금 내 귓속에서 나의 목소리를 듣는 이는 누구인가요?

내 입을 통해 말하는 이는 누구인가요?

내 눈을 통해 밖을 보는 이는 누구인가요?
영혼은 무엇인가요?

질문을 멈출 수가 없습니다.
만일 그 해답을 조금이라도 맛볼 수 있다면, 나는 그 취기로 이 감옥을 부술 수 있을 것 같습니다.
나도 모르는 사이에 나는 이곳에 왔습니다.
하지만 그런 식으로 이곳을 떠날 수는 없습니다.
누가 나를 여기에 데려다 놓았건 그가 나를 다시 집에 데려다 주어야 합니다.

이런 말들…
나도 내가 무슨 말을 하고 있는지 모르겠습니다.
문득문득 이어지는 생각들…
이 질문들 너머로, 깊은 고요와 침묵으로 들어섭니다.

그리스인들의 예술

선지자가 말했습니다.

"나를 바라보는 사람들이 있다네. 그 빛 안에서, 나도 그들을 바라본다네. 우리의 본성은 모두 하나. 혈통과 관계없이, 경전과 관계없이, 전통과 관계없이 우리는 생명의 샘을 함께 마신다네."

여기에 감춰진 신비에 대한 이야기가 있습니다:

중국인과 그리스인이 누가 더 뛰어난 예술가인가를 놓고 말다툼을 하고 있었습니다. 왕이 말했습니다.

"토론을 통해 결정을 하도록 하자."

중국인들이 말을 시작했습니다. 하지만 그리스인들은 아무말도 하려고 하지 않았습니다. 그리스인들은 묵묵히 앉아 있었습니다.

그러자 중국인들이 이런 제안을 했습니다. 방 두 개를 마주보게 놓고 가운데를 커튼으로 가린 뒤, 각각의 방에 들어가 작업을 하여 서로의 예술성을 겨루자는 제안이었습니다.

중국인들은 왕에게 백 가지 색의 다양한 물감을 요청했습니다. 그리고 매일 아침, 창고에서 물감을 가져갔습니다. 하지만 그리스인들은 어떤 물감도 가지고 가지 않았습니다.

"우리의 작업에는 필요치 않은 것들이오."

그들은 자신의 작업장으로 가서 벽을 닦고 문지르고 광을 내기 시작했습니다. 매일매일, 온종일 벽을 닦고 또 닦았습니다. 저 열린 하늘만큼 순수하고 깨끗해지도록.

모든 색으로부터 무색無色으로 가는 길이 있습니다.
넓고 끝없는 하늘의 구름도 태양과 달의 온전한 단순함에서 유래되었다는 것을 아시는지요.

중국인들은 작업을 마쳤습니다. 그들은 아주 만족해했습니다. 완성의 기쁨에 북을 울렸습니다. 그 작업장에 들어간 왕은 호화롭고 세밀한 중국인들의 예술 솜씨에 경탄을 했습니다.

건넛방에서 작업을 하던 그리스인들도 커튼을 걷었습니다. 그러자 중국인들이 그린 인물들과 이미지들이 그리스인들의 벽에 비춰 아른거렸습니다. 그림들이 더욱 아름답게 다시 살아났습니다. 더욱이 빛의 변화에 따라 그림도 변했습니다.

그리스인들의 예술은 수피의 길과 같습니다.
수피들은 철학적인 생각을 하기 위해 책을 읽지는 않습니다.

그들은 자신들의 사랑을 맑게 더욱더 맑게 만듭니다.
아무런 욕심 없이, 아무런 분노 없이.
그 순수 안에서 매 순간의 이미지들을 받아 비춥니다.
여기에서, 별들에게서, 허공에게서 받아 흡수합니다.
그들을 바라보고 있는 저 밝음과 명료함을 마주보며….

순종과 자유

새벽녘에 잠이 깬 어느 부자가 목욕탕에 가고 싶어 자신의 하인 선쿠르를 깨웠습니다.

"이런 이런, 어서 일어나. 어서 가서 대야랑 수건이랑… 참 비누도 빠뜨리지 말고, 목욕탕에 가자꾸나."

선쿠르는 곧바로 물건들을 챙겨서 주인을 따라 길을 나섰습니다. 그러다 사원 옆을 지나가는데, 어디선가 기도하는 소리가 들렸습니다. 선쿠르는 하루에 다섯 번 꼬박꼬박 기도하는 것을 좋아했습니다.

"주인님, 이 벤치에 앉아 잠시 쉬세요. 저는 '너는 노예를 친절하게 대하는 자로다'라고 시작하는 경을 암송하고 싶습니다."

주인은 선쿠르가 사원으로 들어가 있는 동안 벤치에 앉아 기다렸습니다. 기도가 끝나고 사제들과 신도들은 모두 돌아갔는데도 선쿠르는 사원 안에 남아 있었습니다. 주인은 기다리고 또 기다렸습니다. 주인은 마침내 사원 안에 대고 소리쳤습니다.

"선쿠르, 왜 나오지 않느냐?"

"저는 나갈 수 없습니다. 이 지혜로운 이가 저를 놔주지 않습니다. 조금만 기다려 주세요. 주인님이 거기서 하시는 말씀은 여기서도 다 들립니다."

주인은 기다리다 지쳐 일곱 차례나 더 소리를 쳤습니다. 하지만 선쿠르의 대답은 늘 한결 같았습니다.

"아직 아닙니다. 그분이 저를 나가도록 허락하지 않습니다."

"그런데 거기에는 너 말고는 아무도 없지 않으냐! 다른 사람들은 모두 돌아갔는데, 도대체 누가 너를 잡고 있다는 것이냐?"

"지금 여기서 저를 붙들고 있는 자가 바로 주인님을 밖에서 기다리게 하는 그분입니다. 주인님을 이 안으로 들어오지 못하게 하는 자가 바로 저를 밖으로 나가지 못하게 하는 그분입니다."

바다는 물고기가 자신을 떠나는 것을 허락하지 않습니다.

거꾸로 땅에 사는 동물들은 바다로 들어오지 못하게 합니다. 민감하고 섬세한 물고기들이 노는 그 안으로는….

당신의 겉모습을 잊으십시오. 당신 자신도 잊으십시오. 그리고 당신의 친구에게 귀를 기울이십시오. 당신의 그 친구에게 온전히 순종하게 되었을 때, 당신은 자유롭게 될 것입니다.

새들의 언어

아랍의 왕, 임라울카이는 아주 수려한 외모의 시인이었습니다. 또한 그의 노래는 사랑으로 가득했습니다. 여자들은 그를 보면 어김없이 사랑에 빠졌습니다. 모두들 그렇게 그를 사랑했습니다.

그러던 어느 날 밤, 그는 완전히 다른 사람으로 변하는 경험을 했습니다. 그리고 그는 왕국과 가족을 떠났습니다. 수도승의 옷을 걸치고 계절을 따라, 풍광을 따라 떠돌았습니다.

사랑이 '왕'을 사라지게 하고, 그를 타북 땅으로 가게 했던 것입니다. 그곳에서 그는 한동안 벽돌 만드는 일을 했습니다. 어떤 이가 타북의 왕에게 임라울카이에 대한 이야기를 했고, 타북의 왕은 어느 날 밤 그를 찾아갔습니다.

"아랍의 왕이시여, 요셉의 수려함을 가지시고, 두 제국의 통치자이시며, 온갖 영토를 하나로 아우르시는 이여. 또한 아름다운 여인들의 주인이시여. 제가 여기 잠시 머무는 것을 허락하신다면 큰 영광이 되겠사옵니다. 당신은 왕국보다 더한 것을 얻고자 왕국을 버리셨습니다."

타북의 왕은 이렇게 임라울카이를 치켜세우며, 온갖 학문과 철학에 대한 이야기를 하고 또 했습니다. 임라울카이는 아무말 없이 그저 듣기만 했습니다. 그러다 문득, 그는 몸을 기울여 타북의 왕의 귀에다 대고 뭔가를 속삭였습니다. 아주 짧은 순간이었습니다. 그 순간에 타북의 왕 역시 방랑자가 되었습니다.

그들은 손을 잡고 마을을 떠났습니다.
왕의 벨트도, 왕관도 없이.

이것이 바로 사랑이 일하는 방식입니다. 그 일은 지속됩니다.
어른에게는 꿀과 같은 맛이고, 아이에게는 우유와 같은 맛입니다.
사랑은 마지막에 찾아오는 갈증의 짐입니다.
당신이 그 짐을 실으면 배는 뒤집힙니다.

그렇게 그들은 먹이를 찾아 이리저리 날아다니는 새처럼 중국 땅을 돌아다녔습니다.
자신들이 알고 있는 비밀의 그 위험스러운 진지함 때문에 그들은 말도 별로 하지 않았습니다.

세상의 권력이 진정으로 원하는 것이 바로 이런 약함입니다.
그렇게 이 왕들은 조심스럽게 낮은 목소리로 대화했습니다.
오직 신만이 그들의 대화를 알고 있습니다.

그들은 입으로는 말할 수 없는 단어를 썼습니다.
새들의 언어.
하지만 몇몇 사람들은 이 왕들을 흉내 내고, 새의 말을 몇 가지 배워 권세를 얻었다고 합니다.

위대한 선물

나이 많은 하프 연주가가 있었습니다. 목소리는 거칠고, 그의 하프 줄도 몇 개는 끊어져 있었습니다. 그는 메디나의 공동묘지에 가서 울면서 신에게 기도했습니다.

"나의 주인이시여, 당신은 늘 저의 거짓 헌금도 받아 주셨습니다. 이제 한번만 더 제 기도를 들어주십시오. 저에게 새 실크로 만든 하프 줄을 살 돈을 주십시오."

그러다 노인은 하프를 베개 삼아 잠깐 잠이 들었습니다. 그의 영혼의 새가 몸을 빠져나갔습니다. 새는 육체와 슬픔에서 빠져나와 광대하고 순수한 태초의 땅으로 날아갔습니다. 진실을 노래할 수 있는 곳으로.

"머리도 없고, 입도 없이 맛을 보고, 후회 없는 기억들을 사랑하네. 저 끝없는 평원 위에서 장미와 바질을 손 없이도 거둔다네."

이렇게 노래하면서 그 물새는 바다로 뛰어들었습니다.

마침 근처에서 낮잠을 자고 있던 칼리프 오마르의 귀에 어떤 목소리가 들렸습니다.

"700냥의 황금을 저 무덤가에 쓰러져 잠자고 있는 노인에게 주어라."

그 말대로 무덤가에는 잠자는 노인이 있었습니다. 오마르는 살며시 노인 곁에 앉았습니다. 그러다 그만 재채기가 나와 잠든 노인을 깨우고 말았습니다. 재채기 소리에 그 하프의 시인은 황급히 일어났습니다. 노인은 위대한 인물 오마르가 자신을 꾸짖으러 왔다고 생각했습니다.

"겁내지 마시오. 여기 내 옆에 앉으시오. 당신에게 들려줄 비밀이 있소. 이 배낭 속에는 당신이 새 하프 줄을 사기에 충분한 황금이 있소. 가서 줄을 사오시오."

이 말을 들은 노인은 문득 그 은총을 깨닫고 하프를 땅에 던져 부수어 버렸습니다.

"제 숨결 속의 이 노래들은 이라크의 노래 소절과 페르시아의 리듬을 담고 있습니다. 스물네 개의 멜로디로 된 이 신선한 지라프간드가 카라반이 오고 가는 동안 나를 헤매게 했습니다. 저의 시들이 이제껏 저를 지켜 주었습니다. 저에게 가장 위대한 선물입니다. 이제 모두 돌려보내겠습니다."

누군가 당신에게 황금을 건네면, 그 사람의 손이나 황금을 보지 마십시오.
황금을 건네는 그 사람을 보십시오.

오마르가 말했습니다.
"당신의 그런 말은 또 다른 울타리를 쌓는 것이오. 또 다른 갈대 피리 말이오. 그곳을 뚫어 허공을 만들어 피리를 다시 불게 하시오. 당신의 회개를 회개하시오!"

노인의 가슴은 깨어났습니다.
더 이상 고음과 저음에 집착하지 않고, 울지도 웃지도 않았습니다.
영혼은 진실로 어리둥절해지고, 노인은 구도와 언어와 대화를 뛰어넘었습니다.

아름다움에 잠기고, 탈출 그 너머로 스며들었습니다.

파도가 그를 덮었습니다.

이제 더 이상 그에 대해 뭐라 말할 것이 없습니다.

그는 옷을 흔들어 털었습니다.

그 안에는 더 이상 아무것도 없습니다.

매가 먹이를 찾아 숲으로 내려꽂히는 추격이 있습니다. 그리고 돌아오지 않습니다.

모든 순간, 태양은 완전히 비어 있거나, 완전히 가득 차 있습니다.

당신은 어떤 종류의 새입니까?

한 수도승이 어느 집 앞에서 빵 한 조각을 구했습니다.

"젖은 빵이건, 마른 빵이건 빵 한 조각만 주시오."

"여기는 빵집이 아니오."

집주인이 답했습니다.

"그럼 고기 뼛조각이라도 하나…."

"여기가 푸줏간으로 보이시오?"

"밀가루라도 한 줌…."

"방아 돌아가는 소리라도 들리오?"

"물은 얻어 마실 수 있을까요?"

"우리 집에는 우물도 없소."

수도승이 무엇을 구하건 집주인은 능청스럽게 농담을 해가며 거절했습니다. 그러자 수도승은 그 집안으로 성큼성큼 들어갔습니다. 들어가서는 법복을 걷어 올리고 마치 큰 일을 볼 때처럼 쪼그리고 앉았습니다.

"이봐, 이 보시오!"

"조용히 하시오. 불쌍한 양반. 메마른 곳은 영혼을 구하기 딱 좋은 장소. 이곳에는 도대체 삶도, 삶을 위한 그 무엇도 없어 보이오. 그러니 비료가 좀 필요할 것이오."

그리고 수도승은 줄줄이 혼자 묻고 대답했습니다.

"당신은 도대체 어떤 종류의 새인가? 왕의 손에 날아 앉도록 훈련된 매도 아니고, 모든 이의 눈을 즐겁게 하는 공작도 아니고, 설탕 조각을 구하며 재롱을 떠는 앵무새도 아니고, 사랑에 빠진 이처럼 노래하는 나이팅게일도 아니고, 솔로몬에게 메시지를 전달한 후투티도 아니고, 벼랑 끝에 집을 짓는 황새도 아니고….

도대체 당신은 어떤 사람이오? 당신은 세상에는 알려지지 않은 생물인 것 같구려. 가진 것을 지키려고 끝없이 흠이나 잡고 농짓거리를 해대는 당신. 당신은 그 큰 사람을 잊어버렸소. 소유에 관심 없는 그 사람. 사람에게서 이익을 구하지 않는 그 사람을 말이오."

바람 속의 모기

풀밭에서 나온 모기 몇 마리가 솔로몬 왕에게 가서 이렇게 고합니다.

"솔로몬이시여, 당신은 억압받는 자들의 영웅이십니다. 당신은 저희같이 보잘것없는 미물에게도 정의를 구해 주십니다. 우리 같은 약하디 약한 미물의 대변자! 저희를 보호해 주소서."

"너희들의 고충이 무엇이냐?"

"바람이 저희들을 괴롭힙니다."

"그렇구나. 너희들의 말에 일리가 있어 보인다. 하지만 판관은 한쪽 얘기만 들을 수 없는 법이란다. 이 소송의 양쪽 당사자 모두의 말을 들어봐야겠다."

"물론 그렇게 하셔야죠."

모기들이 말했습니다.

"동풍을 소환하라!"

솔로몬이 명령하자, 말이 떨어지기 무섭게 바람이 당도했습니다.

그러자 원고인 모기에게 무슨 일이 있어났을까요?

모두 사라지고 말았습니다.

신의 법정에서 고충을 토로하는 모든 구도자들에게 흔히 일어나는 일입니다.

신이 모습을 드러내면, 구도자는 어디에 있을까요?

우선 죽음이 있고, 그리고 합일이 있습니다.

바람 속의 모기처럼.

접시에 담긴 바다

어느 날 마흐무드 왕이 신하들을 불러모았습니다. 그러고는 한 신하에게 빛나는 진주를 건네주었습니다.

"이것의 가치가 얼마나 된다고 생각하시오?"

"백 마리의 당나귀가 실을 만큼의 금보다 귀하다고 생각합니다."

"그것을 부숴라!"

"폐하, 감히 제가 어떻게 폐하의 보물을 그리할 수 있겠나이까."

왕은 그 말을 듣고 신하에게 관복을 하사했습니다.

왕은 신하들과 한참 동안 여러 국사를 논의한 뒤에, 이번에는 진주를 시종에게 주었습니다.

"얼마에 팔릴 만한 것이라 생각하느냐?"

"왕국의 절반 정도라고 생각됩니다만… 신에게 속할 만

한 귀한 것이라….”

“부숴라!”

“제 손이 떨려 감히 그런 일은 못 하겠나이다.”

왕은 역시 관복을 내려주고 봉급도 올려주었습니다.

왕은 이렇게 족히 50~60명의 신하들에게 묻고 그들의 대답을 들었습니다. 한 명씩, 한 명씩 신하들은 처음의 그 신하와 시종을 흉내 내었고, 그 결과 왕으로부터 재물을 얻었습니다. 마침내 진주는 아야즈에게 주어졌습니다.

“아야즈야, 너는 이것이 얼마나 눈부신 것이라 말할 수 있겠느냐?”

“제가 말할 수 있는 것보다 더하다고 하겠나이다.”

“그래. 부숴라. 지금 바로 산산조각을 내어라.”

아야즈는 전날 밤 이런 일이 있을 것을 꿈을 통해 알았습니다.

그는 미리 옷소매 속에 돌멩이 두 개를 숨겨왔습니다.

아야즈는 진주를 돌멩이 사이에 끼고 으깨어 가루를 내버렸습니다.

요셉이 우물 바닥에서 자신의 이야기를 들은 것처럼, 귀를
기울이는 사람은 성공과 실패를 하나로 이해합니다.
모양에 집착하지 마십시오.
다른 사람이 당신의 말을 원하면 주어 버리십시오.
말은 급히 가려는 사람에게 필요한 것이니….

모여 있던 신하들은 아야즈의 무모함에 놀라 소리쳤습니다.

"어찌 그런 짓을 하는가?"

"임금님의 말씀은 그 어떤 진주보다 귀한 것입니다. 저는 임금님을 공경합니다. 이런 빛나는 돌덩어리보다."

아야즈의 이 말을 들은 신하들은 곧바로 무릎을 꿇고 머리를 조아렸습니다. 용서를 구하는 그들의 한숨 소리가 구름처럼 일어났습니다. 왕은 사형집행인에게 '이 쓰레기들을 데려가라.'는 듯 손짓을 했습니다.

그때 아야즈가 앞으로 나와 말했습니다.

"폐하의 자비가 저들을 이렇게 꿇게 하였나이다. 부디 저들의 목숨만은 살펴주소서. 저들에게 폐하와 함께할 희망을 주소서. 이제 자신들의 건망증을 깊이 뉘우치고 있습

니다. 마치 술에 취한 자가 '내가 무슨 짓을 했는지 모르겠다.'고 말하자, '네 스스로 건망증을 불러들였다. 너는 술을 마셨고, 네 스스로 선택한 것이다.'라고 취한 자에게 말하는 것과 같습니다. 이제 저들은 모방이 어떻게 스스로를 잠에 곯아떨어지게 하는지 깊이 알고 있습니다. 저들을 내치지 마십시오. 마루에 머리를 조아리는 저들을 보십시오. 저들의 얼굴을 들어 폐하를 보게 하십시오. 그리고 폐하의 곁에서 스스로를 씻게 하십시오."

아야즈의 말은 늘 정곡을 찔렀습니다. 그의 말은 펜을 능가했습니다.

어찌 접시 그릇이 바다를 담겠습니까?
취한 자는 자신의 잔을 부숴버리고 그냥 통째로 마셔버립니다.

아야즈는 말했습니다.
"폐하께서 저에게 진주를 부수라고 하셨습니다. 저의 이 취한 순종 때문에 다른 이를 벌하지는 마십시오. 제가 술이 깨면 그들을 벌하십시오. 허나 저는 다시는 술에서 깨어나지 않을 것이옵니다. 저렇게 무릎을 굽혀 절을 하는 자가 허리를 다시 펼 때는 옛 모습은 사라집니다. 꿀통 속의 벌들이 꿀이 되듯이. 산들이 요동치고 있습니다. 그 산들의 지도와 컴퍼스가 폐하의 손바닥 안에 있습니다."

후삼! 당신에게 해 주고 싶은 이야기를 다 하려면 입이 백 개는 있어야 합니다.
하지만 나는 입이 단 하나밖에 없습니다.
영혼에서 울려 나오는 감당할 수 없이 많은 느낌이 내 입으로 나오려고 합니다.
이런 풍요 속에서 현기증을 느낍니다.
그 말 속에서 나는 부서지고 죽습니다.

힌두로 돌아가는 꿈을 꾸는 코끼리

어린 완두콩이 끓고 있는 뜨거운 냄비 밖으로 폴짝 뛰어 올랐습니다.

"왜 제게 이런 짓을 하는 거예요?"

요리사는 뛰어오르는 완두콩을 국자로 툭 쳐서 다시 집어넣었습니다.

"뛰지 마라. 너는 내가 너를 부숴버린다고 생각하지만, 사실은 내가 너에게 향기를 불어넣고 있는 거란다. 너는 온갖 양념과 쌀과 섞여서 사람들을 위한 좋은 에너지의 원천이 되는 거란다. 밭에서 비를 마시던 때를 생각해 보아라. 그때부터 너는 지금을 준비하고 있었던 것이란다."

은총, 쾌락, 그리고 나서 새로운 삶이 끓기 시작합니다.

당신의 친구를 위한 먹거리가 되는 것입니다.

결국 이 어린 완두콩은 요리사에게 이렇게 말하게 될 것입니다.

"저를 더 끓여 주세요. 저를 주걱으로 갈아 부수어 주세요. 전 혼자 힘으로는 할 수 없어요. 나는 힌두로 돌아가는 꿈을 꾸는 코끼리. 조련사의 뜻에 따를 뿐입니다. 당신은 요리사. 나의 조련사. 나를 존재로 이끄는 이. 나는 당신의 요리를 사랑합니다."

요리사도 말합니다.

"나도 한때는 너처럼 대지의 신선함이었다. 그리고 때가 되어 나는 끓어올랐다. 육체까지 모두 끓어올랐단다. 그렇게 두 번 격렬하게 끓었단다. 나의 야생의 영혼은 힘을 더해갔고, 나는 수행으로 그놈을 길들였다. 더 끓이고, 더 끓이고… 그러다 어느 때 그놈을 넘어섰단다. 그리고 이렇게 네 스승이 된 것이란다."

사랑의 무력함을 알기 전까지는

생쥐 한 마리가 낙타의 고삐를 꽉 쥐었습니다. 그러고는 마치 낙타 주인이 그러하듯, 낙타로 하여금 걷게 했습니다. 낙타는 생쥐가 의기양양해하도록 그냥 시키는 대로 따라 주었습니다.

"맘껏 즐겨라."

낙타는 생쥐에게 뭔가 가르쳐 주어야겠다고 생각했습니다. 그러다 생쥐와 낙타는 큰 강 언저리에 이르렀습니다. 생쥐는 어쩔 줄을 몰랐습니다. 낙타가 강물 속으로 발을 디디면서 말했습니다.

"당신은 나의 주인. 여기서 멈추지 마오."

"나는 물에 빠져 죽기 싫어."

낙타는 물속으로 들어가며 말했습니다.

"보시오. 강물은 겨우 무릎보다 조금 깊을 뿐이오."

"무릎? 네 무릎만큼의 물속은 내 키보다 수백 배 깊은 곳이야!"

"저런 저런, 당신은 낙타의 주인이 되지 말았어야 했는데…. 당신 친구들하고 어울려 지내는 것이 훨씬 좋았을 것 같소. 생쥐는 낙타에게 무슨 명령을 내려야 하는지를 모르는구려."

"나를 건네줄 수 있겠니?"

"내 등에 올라타시오. 나는 당신 같은 쥐 수백 마리라도 싣고 건널 수 있다오."

당신은 선지자가 아닙니다. 그저 선지자들이 걸었던 길을 겸손히 따르십시오.

그러면 그들이 있는 곳에 이를 수 있습니다.

들으십시오. 침묵하십시오.

당신은 신의 입에 물려있는 재갈이 아닙니다.

귀가 되도록 노력하세요.

꼭 말을 해야 할 때는 이해를 구하십시오.

당신의 오만과 분노의 근원은 당신의 욕망입니다.

그 뿌리는 당신의 습관 안에 있습니다.

진흙을 먹는 습관을 가진 사람에게 진흙을 먹지 못하게 하면 그는 미쳐버립니다.

주인이 되는 것은 치명적인 습관을 갖는 것일 수도 있습니다.

누군가가 당신의 권한에 대해 물으면, 당신은 '이 자가 내 힘을 뺏으려 하는구나.'하고 생각합니다.

그리고 겉으로는 예의 바르게 대답하겠지만, 속으로는 화를 냅니다.

항상 당신의 내부가 어떤지를 지켜보세요.

당신의 영혼의 주인과 함께.

금화는 자신이 금인 것을 모릅니다.

녹아버리기 전에는.

당신의 사랑은 그 위엄을 모릅니다.

그 무력함을 알기 전까지는.

나를 찾아가는 물고기

호수에 커다란 물고기 세 마리가 살고 있었습니다. 한 마리는 지혜로웠고, 한 마리는 그저 그랬고, 나머지 한 마리는 멍청했습니다.

어느 날, 그물을 든 어부들이 호숫가에 나타났습니다.

세 마리 물고기들은 모두 그들을 보았습니다.

지혜로운 물고기는 즉시 떠나기로 마음먹었습니다.

바다를 향한 길고도 힘든 여행을 하기로 결정한 것입니다. 그리고 이렇게 생각했습니다.

"저 두 마리하고는 의논하지 말아야지. 저들은 이곳을 너무 사랑해서 내 결정을 나약하게 만들 거야. 게다가 이곳을 집이라고 부르잖아! 무지몽매함이 저들을 여기에 묶어 두겠지."

여행을 떠날 때는 여행자에게 조언을 구하십시오.
다만 한곳에 집착하는 절름발이에게는 묻지 마시고.

마호메트는 말합니다.
"나라에 대한 사랑은 신의의 한 부분이다."
그러나 이 말을 곧이곧대로 받아들이지 마십시오.
진정한 '나라'란 당신이 지금 있는 곳이 아니라 당신이 향하고 있는 곳을 말합니다.

전통에 따라 세례를 받는 중에도 사람마다 기도하는 것이 다릅니다.
참 기도자는 조심스레 물을 부어 코를 씻어 내며, 영혼의 향내를 구합니다.
"신이여! 저를 씻어주세요. 저의 손이 이 몸을 씻지만, 이 손은 영혼을 씻을 수 없습니다. 저는 그저 껍질만을 씻을 수 있습니다. 그러니 당신만이 저를 씻을 수 있습니다."
어떤 사람은 엉뚱한 구멍에다 대고 그릇된 기도를 합니다.
그는 흙탕물을 일으키며 콧구멍 기도를 합니다.
엉덩이에서 천상의 향기가 피어날 수 있겠습니까?

바보들과 어울려 초라해지지 마십시오.
스승 앞에서 자존심을 세우지도 마시고.

당신의 집을 사랑하는 것은 옳은 일입니다. 하지만 묻지 않을 수가 없군요.
"어디가 진짜 당신 집입니까?

그 현명한 물고기는 어부들과 그물을 보고 말했습니다.
"나는 떠난다."

알리는 마호메트의 비전秘傳을 들었습니다.
그리고 그는 그것을 말하지 않겠노라고 했습니다.
그는 우물 속에 대고 그것을 속삭였습니다.
늘 말을 나눌 상대가 자기 곁에 있는 것은 아닙니다.
그때는 당신 자신 속에서 상대를 찾아야만 합니다.

그 지혜로운 물고기는 먼길을 떠나기로 한 것입니다. 사냥개에게 쫓기는 사슴처럼…. 온갖 고난을 헤치고 그 물고기는 마침내 끝없는 바다의 품에 들었습니다.

현명한 물고기가 떠나고 난 뒤 그저 그런 지혜를 가진 물고기는 생각했습니다.

"인도자가 떠나갔구나. 그와 함께 갔어야 했는데…. 그렇게 하지 못했어. 이제 탈출의 기회를 놓쳤구나. 그와 함께 갔어야 했는데…."

이미 엎질러진 물을 두고 후회하지 마십시오.

과거가 되어버린 일은 그냥 그대로 놔두십시오.

기억조차 하지 마십시오.

한 사내가 덫으로 새 한 마리를 잡았습니다.

그러자 그 새가 이렇게 말했습니다.

"여보세요. 당신은 살면서 수많은 소와 양을 먹었습니다. 그런데도 여전히 당신은 배가 고픕니다. 제 몸의 보잘것없는 고기 한 점으로는 입맛만 버리게 될 겁니다. 저를 살려주시면 당신께 세 가지 지혜를 드리겠습니다. 하나는 당신 손바닥 위에서, 하나는 지붕 위에서, 나머지 하나는 저 나뭇가지 위에 앉아 일러 드리겠습니다."

사내는 궁금했습니다. 그는 새를 풀어 손바닥 위에 올려놓았습니다.

"지혜 하나, 누가 뭐라고 하건 어리석은 말은 믿지 마세요."

새는 날아올라 지붕에 내려앉았습니다.

"지혜 둘, 지난 일을 슬퍼하지 마세요. 이미 지난 일입니다. 이미 벌어진 일을 후회하지 마세요."

새는 말을 이었습니다.

"그런데… 내 몸속에는 금화 열 냥에 버금가는 진주가 들어있지요. 그것이면 당신과 당신 아이들에게 큰 재산이 될 텐데…. 하지만 당신은 이미 나를 놓아 버렸지요. 당신은 이 큰 진주를 손에 쥐고 있다가 날려 보냈네요."

사내는 아이를 낳는 여자처럼 통곡하기 시작했습니다. 그러자 새가 말했습니다.

"그러지 마세요. 지난 일을 슬퍼하지 말라고 하지 않았습니까! 그리고 어리석은 말을 믿지 말라고도 했지요! 내 몸을 다 합쳐도 금화 열 냥 무게는 되지 않는답니다. 어떻게 그렇게 무거운 진주를 내 속에 지닐 수 있겠습니까."

사내는 정신을 차렸습니다.

"좋다. 세 번째를 말해달라."

"좋아요. 앞의 두 가지 지혜를 이제 제대로 사용할 줄 알게 되었군요. 지혜 셋, 불안정하거나 잠 속에 빠진 사람에게는 충고하지 마세요. 모래 위에는 씨앗을 뿌리지 마세요. 헤진 곳은 꿰맬 수 없는 법이니."

두 번째 물고기 이야기로 돌아가겠습니다. 그 반쪽 지혜의 물고기.

그는 한참 동안 자신의 인도자가 떠난 것을 한탄하다가 생각했습니다.

"저 어부들과 그물로부터 나를 살릴 방도는 무엇일까? 죽은 척하면 어떨까! 수면 위로 올라가 배를 드러내고 지푸라기처럼 둥둥 떠다녀야지. 그렇게 호수에 나를 던지는 거야. 죽기 전에 죽으라고 마호메트도 말하지 않았던가!"

그는 그렇게 했습니다. 어부들의 손이 닿을 만한 곳에서 맥없이 둥둥 떠 있었습니다.

"어이, 이것 봐! 가장 크고 좋은 물고기가 죽었어."

어부 하나가 그 물고기의 꼬리를 집어 들어올려서 손바

닥으로 두드려 보더니 땅 위로 휙 던져버렸습니다. 어부들이 다른 일을 하는 사이에 물고기는 물가로 살금살금 몸을 굴려 도망쳤습니다.

잠시 뒤, 멍청한 세 번째 물고기가 흥분하여 솟구쳐 올랐습니다. 자신의 민첩함과 영리함을 믿고 탈출을 시도한 것이었습니다. 곧 그물이 세 번째 물고기 주위로 좁혀 들어왔습니다. 결국 물고기는 뜨거운 솥에 담기는 신세가 됐습니다.

그러고는 누워서 생각했습니다.

"여기서 나간다면 다시는 유한한 호수 같은 곳에서는 살지 않을 테야. 다음 생에는 바다! 무한의 집에서 살아야지."

흐느낌이 바로 대화입니다

한 남자가 밤에 울고 있습니다.

"신이시여!"

그의 입술에서는 향기로운 기도가 계속됩니다.

지나가던 사람이 빈정거립니다.

"당신이 소리치며 기도하는 것을 들었소. 도대체 신이 뭐라고 합디까?"

남자는 아무 대꾸도 할 수 없었습니다.

남자는 기도를 멈추고 어지러운 잠 속으로 곯아 떨어졌습니다. 그는 꿈속에서 짙은 초록에 둘러싸인 영혼의 안내자, 키드르를 만났습니다.

"너는 왜 기도를 멈추었느냐?"

"아무런 답도 못 들었기 때문에 그랬습니다."

"네가 소리치던 그 바람이 곧 답이다."

당신이 울부짖는 그 비탄이 바로 당신이 바라는 그 합일에서 오는 것입니다. 도움을 구하는 그 순수한 슬픔이 바로 비밀의 성배입니다.

주인을 향해 낑낑거리는 개를 보십시오.
그 흐느낌이 바로 대화입니다.
아무도 그 이름을 모르는 사랑의 개들이 있습니다.
그 개에게 당신의 생명을 바치시길.

작은 울음소리에도
어머니는 늘 함께 합니다

용이 곰을 잡아 그 끔찍한 입 속으로 집어넣으려고 하고 있었습니다. 한 용맹한 사람이 나타나서 곰을 구해냈습니다.

세상에는 울부짖는 사람을 위해 달려와 생명을 구해주는 그런 용사들이 있습니다. 은총처럼, 그들은 비명이 있는 곳으로 달려갑니다.

돈으로 그들을 살 수는 없습니다. 당신이 그들에게 "당신은 어쩌면 그렇게 빨리 달려올 수 있나요?"라고 물으면, 그(그녀)는 이렇게 대답할 것입니다.

"당신의 그 곤궁함을 들었기 때문이지."

물은 낮은 곳으로 흐릅니다. 모든 약은 치유가 필요한 고통을 찾습니다. 단지 하나의 은총만을 구하지는 마십시오. 모든 은총들이 흐르게 하십시오. 당신의 발 아래 하늘을 열어 놓으십시오.

당신의 귀를 막고 있는, 그 고립의 귀마개를 빼 던지십시오. 그러면 이 우주의 음악이 들릴 것입니다. 당신의 눈을 가리고 있는 머리카락을 치워버리십시오. 코를 막고 있고, 뇌를 가리고 있는 것들을 모두 날려 버리십시오. 바람이 자유롭게 지나다닐 수 있도록 터 버리십시오.

그 지독한 열병의 찌꺼기를 남기지 마십시오. 생식불능을 치유할 약을 드십시오. 그리하여 당신의 남성이 힘차게 분출하게 하십시오. 당신의 분출로 수백의 새로운 생명이 샘솟게 하십시오.

영혼의 발을 둘러싸고 있는 족쇄를 찢어 버리고, 저 군중 앞에 놓인 트랙을 달리십시오. 당신의 목을 조이고 있는 탐욕의 넥타이를 풀어 젖히십시오. 새로운 행운을 숨쉴 수 있도록. 나약함은 당신의 조언자에게 맡겨두세요.

큰소리로 울부짖고 흐느끼는 것이 위대한 원천입니다. 치유의 어머니는 그 아이들에게 항상 귀를 기울이고 있습니다. 작은 울음소리에도 어머니는 늘 함께 합니다. 신은 어린아이와 당신의 허기를 창조했습니다. 우세요. 울면 우유가 옵니다. 우세요! 아플 때 멍청히 있거나 침묵하지 마세요. 슬퍼하십시오! 그래서 그 우유가 당신의 몸속으로 흐르게 하십시오.

거센 비바람은 구름이 우리를 돌보는 방법입니다. 인내하시고, 영혼을 자극하는 모든 부름에 답하십시오. 당신에게 공포와 슬픔을 주는 것들은 무시하세요. 그것들은 그저 당신을 질병과 죽음으로 뒷걸음치게 할 뿐입니다.

빚더미에 앉은 아흐메드

아흐메드 장로의 빚은 계속 늘어갔습니다. 부자들한테서 큰돈을 빌려다가 세상의 가난한 수도승들에게 나누어주었기 때문입니다. 그는 빌린 돈으로 수피를 위한 수도원도 지었습니다. 그리고 신이 그의 빚을 계속 갚아 주었습니다. 모래를 밀가루로 바꾸어 이 착한 이에게 주었습니다.

선지자는 말합니다.

시장에는 늘 두 종류의 천사가 기도를 하고 있다고.

한 천사가 "신이시여, 이 가난한 방랑자에게 구원을…."이라고 기도하면, 다른 천사는 "신이시여, 이 구두쇠에게 독약을…."이라고 기도합니다. 특히 앞의 천사는 아흐메드 장로 같은 생각 없는 방랑자를 위해서는 더욱더 큰 목소리로 기도합니다. 빚더미에 앉은 아흐메드….

아흐메드는 죽을 때까지 수십 년 동안 헤프게 씨앗을 뿌리고 다녔습니다. 드디어 죽음이 임박했습니다. 이제 곧 임종의 순간입니다. 빚쟁이들이 아흐메드를 둘러싸고 앉았습니다. 빚쟁이들이 둥글게 앉아 있고, 그 가운데에 위대한 장로가 서서히 자신 속으로 녹아들고 있습니다. 양초처럼….

빚쟁이들은 걱정으로 얼굴이 노랗게 변해가고 제대로 숨도 쉴 수 없을 지경이었습니다.

'이 희망을 잃은 사람들을 보라.'

아흐메드는 생각했습니다.

'이들은 신이 수백 냥의 금을 가지고 있다는 사실을 모르는구나.'

그때 밖에서 한 꼬마가 외쳤습니다.

"빵 사세요. 빵이요. 하나에 백 원밖에 안 하는 빵이에요."

아흐메드 장로는 고개를 끄덕이며, 한 제자에게 나가서 빵을 몽땅 사오라고 했습니다.

"이 빚쟁이들이 빵을 좀 먹으면, 나를 저렇게 무서운 얼굴로 보지는 않을 것이다."

제자는 꼬마에게 갔습니다.

"이 빵이 모두 얼마냐?"

"금화 반 냥이 조금 넘습니다."

"수피에게는 좀 깎아주어라. 반 냥으로 하자꾸나."

꼬마는 바구니를 건네주었습니다.

제자가 장로에게 빵을 갖다 드리자, 장로는 빚쟁이 손님들에게 빵을 권했습니다.

"자자, 드시고 마음들 푸세요."

바구니는 금방 비었습니다.

빵장수 꼬마는 장로에게 금화 반 냥을 달라고 했습니다.

"내가 어디 그런 큰돈이 있겠니? 이 사람들이 내가 얼마나 빚을 지고 있는지 말해 줄 것이다. 게다가 나는 곧 무無로 돌아간단다."

꼬마는 바구니를 마룻바닥에 집어던지고 대성통곡을 하

기 시작했습니다.

"내가 여기 오기 전에 다리가 부러졌더라면… 오늘 그냥 목욕탕에 있었더라면… 이런 게걸스러운, 고양이가 얼굴을 핥듯 접시를 싹싹 핥아 먹는 수피들을 만나지 않았을 것을…."

사람들이 모여들었습니다. 꼬마는 계속 울어댔습니다.

"장로님, 다음에는 국물도 없을 것입니다."

빚쟁이들이 합세했습니다.

"당신 어떻게 이럴 수 있소? 우리 돈을 꿀꺽하더니, 이제 죽기 전에 또 빚을 지다니 말이오."

장로는 눈을 감고 아무 말도 하지 않았습니다. 꼬마는 오후 기도 시간까지 계속 울었습니다. 장로는 이불 속으로 깊이 들어갔습니다. 모든 것 속으로, 영원 속으로, 죽음 속으로… 주위의 온갖 욕설에는 무관심한 채.

달이 밝은 밤,
열 번째 집을 지나는 달이 저 아래서 짖어대는 개소리를
들을 수 있을까요?

개들은 그저 짖을 뿐.

지푸라기 하나가 떠내려간다고 물이 자신의 맑음을 잃지는 않습니다.

새벽까지 강둑에서 술을 마시는 저 왕의 귀에는 물소리가 들려주는 음악만이 들릴 뿐, 개구리 소리는 들리지 않습니다.

빵장수 꼬마에게 주어야 할 돈은 빚쟁이들이 볼 때는 푼돈에 불과했지만, 장로는 마음의 힘으로 그날의 해프닝을 보호했습니다. 아무도 꼬마에게 돈을 주지 않았습니다.

오후 기도 시간, 한 제자가 아흐메드의 친구 하팀이 보낸 바구니 하나를 들고 왔습니다. 큰 부자 하팀이 보낸 보자기에 싸인 바구니. 장로는 보자기를 벗겼습니다. 거기에는 사백 냥의 금화가 있었습니다. 그리고 한쪽 구석에는 종이에 싸인 금화 반 냥이 따로 있었습니다.

그 순간 모여있던 사람들이 아우성을 멈추고 탄식했습니다.

“장로들의 왕이신 이여, 신비의 주인의 주인이신 이여! 저희를 용서하소서. 저희가 미쳐서 큰 실수를 저질렀나이다. 저희가 미망에 빠져 횃불을 잃었나이다. 저희가….”

아흐메드 장로가 말했습니다.

“됐습니다. 당신네는 당신들이 말하고 행한 것에 책임을 질 필요가 없습니다. 여기 내가 신께 구하는 비밀스러운 방법이 있습니다. 바로 저 꼬마가 줄곧 우는 것과 같은 것입니다. 신의 자비와 은총은 그 끝이 없는 것입니다. 저 꼬마가 당신들 눈 속의 눈동자가 되게 하십시오. 영혼의 장엄한 의복을 원하는 자는 그 눈동자에 갈망을 담아 울면 됩니다.”

내가 알게 된 모든 것을,
모든 사람이 알게 되기를…

옛날에 나슈라는 사람이 있었습니다. 그는 목욕탕에서 여인네들을 마사지해 주는 일로 생계를 꾸렸습니다. 나슈의 얼굴은 마치 여자처럼 생겼지만, 여자는 아니었습니다. 그는 자신이 남성임을 감추었기 때문에 그 일을 계속할 수 있었습니다.

여자들을 마사지할 때, 여자들의 몸이 닿는 것을 나슈는 좋아했습니다. 그는 늘 성적으로 흥분되어 있었습니다. 아주 힘차게…. 특히 공주들과 그녀들의 하녀들처럼 아름다운 여인들을 마사지할 때는.

때로 그는 그렇게 계속 정욕에 사로잡히지 않아도 되는 일로 직업을 바꿀까 하고도 생각했습니다. 하지만 그는 그렇게 하지 못했습니다.

나슈는 신비스러운 성자에게 가서 말했습니다.

"부디 제 기도를 듣고 저를 기억해 주소서."

그 성자의 영혼은 자유로웠고, 온전히 신에게로 열려 있는 사람이었습니다.

성자는 나슈의 비밀을 알고 있었습니다.

하지만 성자는 신의 온화함으로 비밀을 알고 있노라고 말하지는 않았습니다.

지혜로운 자는 말이 없지만, 마음속에는 온갖 신비와 목소리를 담고 있습니다.

성배를 다루는 자는 고요합니다.

그 성자는 부드럽게 웃으며 큰 소리로 기도했습니다.

"신이 네가 옳다고 믿는 바대로 네 인생을 바꾸어 주기를…."

이런 수행자의 기도는 보통의 기도와는 다릅니다. 그는 에고를 완전히 없애고, 자신을 비운 채 마치 신이 신에게 말하듯 기도합니다. 어찌 이런 기도가 영험하지 않겠습니까?

나슈가 변하는 사건은 이렇게 다가왔습니다. 어느 날 나슈가 벌거벗은 어느 여인이 앉아 있는 욕조에 물을 붓고 있었습니다. 그때 그 여인은 자신의 진주 귀걸이가 없어진 것을 알았습니다. 곧바로 사람들은 문을 잠갔습니다. 그리고 쿠션, 수건, 깔개, 빨래 속을 뒤졌습니다. 하지만 진주는 없었습니다.

그러자 사람들은 모든 여인들의 귓속, 입 속, 그리고 음부와 그 속… 벌거벗은 여인들의 곳곳을 차례로 샅샅이 뒤졌습니다. 그러던 중에 나슈는 자기의 사물함에 갔습니다. 나슈는 떨고 있었습니다.

"나는 진주를 훔치지 않았어. 하지만 그들이 나를 벗기고 뒤진다면 사람들은 벌거벗은 여자들 속에서 내가 얼마나 흥분되어 있는지를 알아낼 것이야. 신이시여! 저를 구해 주소서. 저는 음란을 저질렀습니다. 하지만 이번만큼은 저의 죄를 덮어 주소서. 제발… 제발 들통나지 않게 해 주소서. 회개하고 또 회개하겠습니다."

그는 울고 흐느끼고, 또 울었습니다. 잠시 후, 누군가 말했습니다.

“나슈! 너만 빼고 모두 뒤졌다. 이리 와 봐라.”

그 순간 나슈의 영혼은 날개를 펴고 날아올랐습니다. 그의 자아는 부서진 벽처럼 주저앉았습니다. 그는 신과 하나가 되고, 살아났습니다. 이전의 나슈는 사라졌습니다.

그의 배는 침몰하고 그 자리에는 큰 바다의 파도가 너울거렸습니다. 육체의 치욕은 독수리를 묶고 있던 밧줄이 풀려 미끄러지듯 사라졌습니다. 그의 바위는 물을 빨아들입니다. 그의 들판은 황금실로 바느질한 비단처럼 빛났습니다. 수백 년 동안 죽어 있던 누군가가 깨어나 강하고 멋진 걸음을 내딛습니다. 부러진 나무토막에서 새 눈이 돋아납니다.

이 모든 것이 나슈의 내부에서 일어났습니다. 그 공포의 부름을 듣는 순간.

긴 적막.

긴 기다림의 적막.

그때 한 여자가 소리쳤습니다.

"찾았다!"

목욕탕은 박수소리로 가득 찼습니다. 나슈는 자신의 생명이 눈앞에서 반짝이는 것을 보았습니다.

여인들이 사과를 하러 모여들었습니다.

"당신을 의심해서 미안해요. 당신이 진주를 훔쳐가지 않은 것을 알았습니다."

사람들은 계속해서 나슈를 의심한 것에 대해 미안해하며 용서를 구했습니다.

나슈가 입을 열었습니다.

"저는 세상에서 생각할 수 있고 말할 수 있는 것보다 더 죄가 많은 사람입니다. 저는 가장 나쁜 놈입니다. 여러분이 말한 것은 제가 저지른 것의 백분의 일도 안 되는 것입니다. 제게 용서를 구하지 마세요. 여러분은 모릅니다. 아무도 모릅니다.

신이 나의 교활함을 숨겨 주었습니다. 사탄이 내게 가르쳐 준 교활함은 금세 익숙해지고, 나중에는 내가 사탄에게 오히려 가르쳤습니다. 신은 내가 하는 짓을 알고 있었지만, 내 죄를 천하에 드러나게 하지는 않았습니다.

이제, 나는 전체와 하나로 꿰매어졌습니다. 내가 무엇을 하건, 이제는 행함이 없습니다. 내가 따르지 않았던 순종함이 무엇이건, 이제는 행합니다. 사이프러스 나무 같고 백합꽃 같은 순수와 고결함과 자유가 문득 내 속에 왔습니다. 나는 말했습니다. '오 안돼! 살려주세요.'라고. '오 안돼'가 나의 우물에 동아줄이 되어 내려왔습니다. 나는 그 줄을 타고 올라와 여기 태양 아래에 섰습니다. 한순간, 나는 축축하고 무섭고 좁은 저 바닥에 있었습니다. 그리고 나서 나는 이제 세상에 발을 담고 있지 않습니다.

내 머리카락들이 말을 할 수 있다면, 나는 이 감사의 말을 할 기회가 없을 것입니다. 이 거리와 정원들의 가운데에, 이렇게 나는 서서 말하고 또 말합니다. 이것이 내가 할 말의 모든 것입니다. 내가 알게 된 모든 것을 모든 이가 알게 되기를…."

순진한 선물

티그리스 강을 한번도 본 적이 없는 어떤 사람이 강 근처에 사는 칼리프에게 신선한 물을 담은 항아리를 가져왔습니다. 칼리프는 물 항아리를 받고 감사하며 단지에 금화를 가득 채워 다시 돌려주었습니다.

"이 사람은 사막을 건너 왔다. 다시 건너가려면 물이 필요하겠지!"

이렇게 생각한 칼리프는 그 남자를 데리고 건너편으로 가서 문을 열었습니다. 남자는 문 밖에 떠 있는 배 위에 올라 신선한 물이 가득한 그 넓은 티그리스 강을 보았습니다.

남자는 머리를 조아렸습니다.

"제 선물을 받아 주시다니… 참으로 친절한 분이군요!"

우주 안의 모든 사물과 존재들은 지혜와 아름다움으로 넘치는 항아리이며, 무엇으로도 담을 수 없는 티그리스의 물

한 방울입니다. 이 모든 가득함이 넘쳐흘러 대지를 더욱더 빛나게 하는 것입니다. 비단에 싸여 있듯이….
그가 그 위대한 강의 한 지류라도 본 적이 있다면 그처럼 순진한 선물은 가져오지 않았을 것입니다.

티그리스에 머물며 사는 사람들은 그 넘치는 환희에 차서, 물병에 돌을 던집니다. 그러면 물병은 완전해집니다.
부서지리니.
춤 조각으로….
물 조각으로….
보입니까?
항아리도, 물도, 돌도 없는,
무無.

당신은 실존의 문을 두드립니다.
생각의 날개를 퍼덕이며…
어깨의 힘을 빼십시오.
그리고 여십시오.

당신이 영혼이라면,
육체는 어디 있는가?

옛날에 못된 여자가 살았습니다. 그 여자는 남편이 집에 가져다 둔 양식을 모두 먹어 버리고 거짓말을 하곤 했습니다.

하루는 손님을 대접하기 위해 남편이 200일 동안 일을 해서 번 돈으로 사다 둔 양고기가 집에 있었습니다. 남편이 나가자, 아내는 그 양고기로 케밥을 만들어 술과 함께 모두 먹어버렸습니다.

남편이 손님과 돌아왔습니다.

"고양이가 모두 먹었습니다."라고 아내가 말했습니다.

남편은 하인에게 저울을 가져다 고양이의 몸무게를 재어 보라고 했습니다. 고양이는 3파운드였습니다.

"그 양고기는 3파운드 1온스였다. 이놈이 고양이라면, 고기는 어디 있는가? 이놈이 고기라면, 고양이는 어디 있는가? 그 한 놈을 잡아라! 다른 한 놈도 잡아라!"

당신이 육체를 가지고 있다면, 영혼은 어디 있는가?
당신이 영혼이라면, 육체는 어디 있는가?
우리가 걱정할 일이 아닙니다.
둘은 그냥 둘일 뿐입니다. 옥수수는 낟알이며 줄기입니다.

신성한 도살자가 우리의 다리를 잘라 내고, 목을 조각냅니다.
보이는 세계와 보이지 않는 세계는 '둘' 없이는 작동하지 않습니다.

다른 사람의 머리에 먼지를 던지면 아무 일도 일어나지 않습니다.
물을 던져도 마찬가지입니다.
하지만 이 둘을 섞으면 덩어리가 되고 그렇게 맺어진 물과 먼지는 머리를 쪼갭니다.
그리고 또 다른 결합이 일어납니다.

우정을 모르는 뱀

한 땅꾼이 뱀을 잡으러 산속 깊이 들어갔습니다. 그는 이번에는 애완용으로 기를 뱀을 찾으러 간 것입니다. 놀랍게도 이 사람은 우정이란 것을 전혀 모르는 파충류를 친구로 삼으려 했습니다.

겨울이었습니다. 깊은 눈 속에서 땅꾼은 무시무시하게 크고 무섭게 생긴 뱀을 보았습니다. 그는 그 뱀을 만지는 것조차 두려웠지만, 뱀을 잡아 바그다드로 끌고 왔습니다. 사람들에게 돈을 받고 구경시킬 기대를 하면서….

사람이란 얼마나 어리석은가요!
인간은 산속과 같은 존재이고, 뱀이란 동물은 우리를 매료시킵니다.
그렇게 우리는 죽은 뱀을 보기 위해 우리 자신을 팝니다.
우리는 부대를 기운 예쁜 비단 조각과 같습니다.

“오시오. 와서 내가 죽인 이 용을 보시오. 나의 모험담을 들려주리다.”

땅꾼은 이렇게 소리쳤고 사람들이 떼를 지어 모여들었습니다.

하지만 뱀은 죽은 것이 아니라, 그저 겨울잠을 자는 중이었습니다. 그는 큰 길 사거리 한복판에서 사람들에게 뱀을 구경시켰습니다. 얼간이들이 원을 지어 구름처럼 모여들었습니다. 남자와 여자, 귀족과 평민 할 것 없이 모두들 까치발을 해 가며 뱀을 구경했습니다.

그때 부활이 일어난 것입니다. 땅꾼은 두꺼운 밧줄을 풀고, 뱀을 잘 가둬 두었던 부대를 열었습니다. 잠시 후, 뜨거운 이라크의 태양이 그 무서운 생명을 깨웠습니다. 근처에 있던 사람들부터 비명을 지르기 시작했습니다.

공황! 용은 순식간에 수많은 사람을 찢고, 죽이고 허기를 채웠습니다. 땅꾼은 얼어버린 듯 거기 서 있었습니다.

“내가 산속에서 무엇을 가져왔단 말인가!”

뱀은 말뚝을 밀쳐내고는 땅꾼을 으깨어 삼켜버렸습니다.

이 뱀이 바로 당신의 짐승-영혼입니다.
그놈을 당신의 욕심-에너지의 뜨거운 공기 속에 내놓으면, 그놈은 달아올라 권력과 재물을 번창케 하고, 종내는 엄청난 재앙을 가져옵니다.

그놈을 그냥 눈 덮인 산 속에 내버려두십시오.
고요함과 친절함과 기도로써 그놈에게 대항할 수 있다고 기대하지 마십시오.
그놈은 그런 것 따위에 응답하지 않습니다. 그렇게는 죽일 수 없습니다.
그래서 모세는 그놈을 짐승처럼 다루어 눈 속으로 몰고 가서 눕혔습니다.
하지만 이제 모세는 가고 없습니다.
수백, 수천 명이 죽었습니다.

제2장

모든 존재가
환희의 술병이나니

책을 짊어진 당나귀

은둔자 사나이Sanai의 노래:

"환희에 취해 길을 떠돌지 마라. 그대로 술집에서 잠들라."

술에 취해 이리저리 방황하면 아이들의 놀림을 받는 법.

진흙탕에 빠지고, 어느 길로 접어들던, 아이들이 따라옵니다. 아이들은 술의 향을 모르니 어찌 취기를 알겠습니까? 이 별의 모든 이들은 어린아이입니다. 겨우 몇몇을 제외하고는 아무도 어른이 되지 못합니다.

욕망에서 자유로운 이를 제외하고는….

신은 말합니다.

"세상은 놀이터. 아이들의 게임. 당신도 그런 아이."

이것은 진리입니다.

어린아이의 놀이를 멈추지 않고서 어떻게 어른이 되겠습니까? 마음을 맑게 하지 않고는 당신은 늘 욕망과 번뇌와 온갖 결핍 속에 있습니다.

아이들의 소꿉놀이란, 뒹굴고, 서로 강탈하고….
하지만 그건 참된 삶이 아니나니!

인간들의 싸움도 마찬가지입니다.
장난감 칼을 가지고 하는 말다툼일 뿐.
목적도 없이 헛되고 헛된 것.

장난감 말에 오르는 어린아이처럼
병사는 말에 오릅니다.
장군을 따라… 둥 둥 둥.

당신의 삶은 무의미합니다.
섹스, 전쟁….
바지춤을 쥐고 의기양양하게 이 몸이 나가신다!

죽는 날에야 이를 깨달을 것입니까?
당신의 상상과, 당신의 생각과, 당신의 오감은
아이들의 병정놀이에 부서져버린 갈대 피리.

신비한 연인들은 다른 지혜를 가지고 있습니다.
눈에 보이는 과학과 공식들은 책을 짊어진 당나귀,
여인의 화장과 같은 것.

모두 씻어버리시길.
제대로 짐을 짊어지면 즐거움이 옵니다.
이기적인 이유로 지식의 짐을 짊어지지 마십시오.
욕망과 의지를 부인하십시오.
그러면 진짜 산을 오르게 됩니다.

신의 이름을 그저 말로만 부르며 만족해하지 마십시오.
한껏 들이마시세요.
책과 말에서 온 것은 환상일 뿐.
그저 잘 짜여진 환상일 뿐.

암탉이 닭장으로 낙타를 초대한다면

신을 그리던 사람 앞에 정작 신이 그 모습을 드러내면 정신을 잃기도 합니다.

그러면 신이 허리를 굽혀 그 사람의 귀에 대고 속삭입니다.

"귀여운 거지! 네 옷을 펼쳐라. 황금을 가득 채워주마. 내가 줄곧 너의 의식을 지켜주었건만, 지금 정신을 잃다니! 정신을 차리거라."

이런 혼절은 너무도 그리워하는 그 마음 때문이라는 것을 우리는 압니다.

암탉이 닭장으로 낙타를 초대하면, 그 닭장은 몽땅 부서지고 맙니다.

토끼는 편안히 눈을 감고 보금자리에 들지만, 그곳은 사자의 품 안입니다.

영적 구도에는 이런 여유가 있는 법입니다.

이 심오한 무지.

이런 무지를 스승으로 삼으십시오!

이 무지라는 친구는 숨이 끊어진 사람에게도 숨을 불어넣습니다.

깊은 침묵은 강둑에서 만난 두 사람 사이에 대화를 살아나게 합니다.

봄바람에 대지가 초록으로 변하듯이,
알 속에서 새가 노래를 시작하듯이,
우주가 존재 속으로 들어오듯이,
연인은 깨어나 기쁨으로 빙글빙글 춤을 춥니다.

그리고
기도의 무릎을 꿇습니다.

나는 당신의 일부입니다

나의 얼굴이 당신의 것이 되게 만들려고 애를 썼습니다.
“제가 꾼 꿈을 당신에게 속삭여도 될까요?
당신은 제가 이 말을 해드리고 싶은 유일한 분!”

당신은 고개를 끄덕이며 웃습니다.
마치, “나는 자네가 꾸미는 계략을 알고 있네. 허나 말해 보게나.” 하고 말하듯이….

나는 벽에 걸린 융단 위의 그림.
그 빈약한 곳에 당신은 황금의 실로 경쾌한 장식을 합니다.
당신의 작업은 예리합니다.
그리고 나는 그 아름다움의 일부입니다.

나는 바람에 떠다니는 먼지

나는 중심을 잃은 짐짝의 하나처럼 풀밭 위로 굴러 떨어집니다.

그러고는 마치 오랫동안 동굴 속에서 지낸 사람처럼, 떨어진 곳이 어디인지 더듬거립니다.

수십만 년 동안 나는 바람의 뜻대로 떠다니며 날리는 먼지였습니다.

종종 그때를 까맣게 잊기도 하지만, 잠이 들면 다시 돌아갑니다.

네 기둥이 받치고 있는 이 시간과 공간이 만나는 대기실에서 슬며시 떠납니다.

나는 거대한 초원으로 갑니다.

거기서 나는 억겁의 우유를 마십니다.

모두가 나름대로 이 길을 갑니다.

선택할 바와 기억할 바를 아는 것은 삶에 있어 너무도 작은 부분입니다.

밤이면 우리는 그 사랑의 허공을 떠다니다가
낮이 되면 언제 그랬냐는 듯
그렇고 그런 일에 빠져버립니다.

가시에 가장 가까이 피어나는 장미

나 없이는 아무 곳에도 가지 마세요. 나 없이는…
하늘과 대지와 이 세계와 저 세계에는 아무 일도 일어나지 않습니다. 내가 개입하지 않고는….

비전, 보이지 않는 무無를 보십시오.
말, 그 무無를 말하십시오.

밤은 달이 있음으로 자신을 알아보듯 그렇게 나로 인해 존재합니다.
가시에 가장 가까이 피어나는 장미가 되십시오.
내가 그 가시이니….

당신이 음식을 맛볼 때,
당신이 일을 할 때,

당신이 친구를 방문할 때,
당신이 한밤중에 혼자 지붕 위로 오를 때,
나는 당신 속에 있는 나를 느끼고 싶습니다.

당신 없이 그 길을 따라 걷는 것보다 더한 고통은 없습니다. 나는 내가 어디로 가는지 모릅니다.

당신은 길
모든 길을 아는 사람
지도보다
사랑보다

모든 존재가 환희의 술병이나니

신이 우리에게 준 이 진한 술은 너무 독해서 마시기만 하면 이 세계와 저 세계를 모두 떠나게 됩니다.

신이 뿌린 마약을 맛본 자는 의식을 잃습니다.

신이 내린 잠은 모든 생각을 지워버립니다.

신이 맺어준 사랑에 빠진 자는 자신이 키우는 개마저도 알아보지 못합니다.

세상에는 우리의 마음을 앗아가는 수천 가지 술이 있습니다.

하지만 술이 가져다주는 황홀함이 모두 같다고 생각하지는 마십시오!

예수는 신을 향한 사랑 안에서 길을 잃었습니다.

그의 당나귀도 취할 지경이었습니다.

다른 술병을 찾지 말고 맑은 성자聖者를 마시세요.

모든 것들, 모든 존재가 환희의 술병이나니.

귀한 유물을 감정하듯, 조심하고 조심해서 맛을 보시길.

어떤 술이라도 당신을 취하게 할 수 있으니,

왕처럼 준엄하게 판단하여 가장 순수한 것을 선택하십시오.

분노에 물들지 않은, 성급한 필요에 물들지 않은, 가장 순수한 것을 선택하십시오.

고삐가 풀려도 낙타처럼 의젓하게 걷게 하는 그런 술을 마십시오.

그리고 그렇게, 또박또박, 천천히 걸어가기를….

누가 이 부서진 마차를 고칠 것인가

지난 시절, 나는 술을 동경했습니다.

그리고 이제 이 붉은 세계를 방황하고 있습니다.

지난 시절, 나는 불꽃을 보았습니다.

그리고 지금, 나는 타버린 고깃덩어리.

갈증이 나를 물속으로 내몰았습니다.

달 그림자에 취했던 그 물속으로.

나는 이제 사물의 본질과 사랑에 빠져 길을 잃어버린 사자.

그 모든 것을 지켜보는 사자입니다.

욕망에 대해 묻지 마세요.

내 얼굴을 보세요.

영혼은 취하고 몸은 엉망이고,
맥없이 다 부서진 마차에 오릅니다.
누가 이 마차를 고칠 수 있을지….

그리고 나의 심장.
수렁에 빠진 당나귀 같이 몸부림칠수록 수렁은 점점 더 깊어지고.

잠시 이 소리를 들어보세요.
슬픔을 멈추고 당신 혹은 신의 주변에 뿌려지는
꽃잎의 축복에 귀를 기울여보세요.

손님

인간이란 존재는 여관과 같습니다. 매일 아침 새 손님이 찾아옵니다. 기쁨, 우울, 비열. 때로 순간의 깨달음이 찾아오기도 합니다. 기대하지 않았던 손님.

모두를 환영하고 대접하십시오.

비탄의 무리가 당신의 집을 거칠게 휩쓸고, 가구를 부수더라도, 모든 손님을 극진히 대하십시오. 그러면 그 손님들이 당신을 새로운 기쁨으로 깨끗하게 씻어줄 것입니다.

어두운 생각, 수치, 원한을 웃음으로 맞으십시오.

그리고 당신의 집에 초대하십시오.

누가 오더라도 감사하십시오.

그들 모두는 저 너머로 당신을 안내하고자 찾아왔습니다.

사랑의 힘

사랑은 내 모든 습관을 날려버렸습니다.
그리고 시詩로 나를 채웠습니다.

나는 조용히 읊으려고 애를 썼습니다.
"당신만이 나의 힘."

하지만 그럴 수가 없었습니다.
나는 손뼉을 치고 노래를 부를 수밖에 없었습니다.

나는 존경받고, 품위 있고, 꿋꿋한 사람이었습니다.
하지만 누가 이 강한 바람 속에서 견딜 수 있을까요?
누가 그런 것들을 기억할 수 있을까요?

산은 그 속에 깊은 메아리를 담고 있습니다.

그렇게 나는 당신의 목소리를 담고 있습니다.

나는 당신의 불 속에 던져진 나뭇조각입니다.
금방 연기로 사라집니다.
나는 당신을 보았고, 모두 비우게 되었습니다.
이 텅 빔, 존재보다 아름다운…
존재를 말끔히 없애는 무無.
그 텅 빔이 찾아오면, 존재는 번성하여 존재 이상의 존재를 창조합니다.

하늘은 푸릅니다.
세상은 길가에 쪼그려 앉은 장님입니다.
하지만 누구든지 당신의 텅 빔을 만나면
푸르름 그 너머, 존재 그 너머를 봅니다.

한 위대한 영혼이
아무도 그를 알아보지 못하는 도시의 군중 속을 지나갑니다.
그들이 무無를 받아들일 수 있도록 기도하십시오.

그 기도를 기도하십시오.

태양을 위한 기도는 당신의 눈을 위한 기도와 같습니다.

기도하십시오.

바다를.

우리의 대화는 작은 돛단배.

그런 항해 속에, 누가 그곳을 알겠습니까!

그저 넓은 바다 속에 잠기는 것이 우리가 만날 수 있는 최선의 행운입니다.

그것이 온전한 깨어남입니다.

우리가 잠을 자고 있음을 왜 한탄해야 합니까?

우리가 얼마 동안 정신을 놓고 있었는지는 중요하지 않습니다.

우리는 지쳤습니다.

죄의식은 날려버리십시오.

당신 주위로 온화함이 움직이는 것을 느끼십시오.

둥실 떠오르는….

낡은 신발에 양가죽 외투

맑은 마음…
문득 당신이 저에게 옵니다.
제가 묻겠습니다.
"여기 누가 있나요?"
"달!"
"당신 집에 보름달이 있습니다."

친구들과 함께 거리로 달려나갑니다.
"저 여기 있어요. 저 여기 있어요."
집 쪽에서 소리가 들리지만, 우리는 듣지 못합니다.
하늘에는 종달새가 술에 취해 흐느낍니다.
산비둘기들이 뿔뿔이 허공을 박차 오르며 재잘거립니다.
"어디, 어디?"
한밤에 이웃들이 모두 일어나 이 번뇌의 거리로 뛰쳐나

옵니다.

"도둑이야. 도둑!"

진짜 도둑은 무리 중에 있습니다.

누군가 소리칩니다.

"이들 중에 도둑이 있다!"

하지만 아무도 귀를 기울이지 않습니다.

당신이 신을 찾을 때
신은 당신의 눈 속에, 찾고자 하는 그 마음속에
당신 자신보다 더 당신과 가까운 그곳에,
당신이 만나는 모든 것 속에 있습니다.
밖에서는 찾을 수 없습니다.
"이보게 친구, 나는 늘 자네하고 같이 있다네."

녹는 눈이 되어 당신 스스로 당신을 씻으세요.
정적 속에 피어나는 흰 꽃.
당신의 혀가 꽃이 되게 하세요.
'그 사람'에 대해 말하려면,
나는 하늘만큼 넓은 입과 욕망만큼 큰 언어가 필요합니다.

내 안의 연약한 유리병은 자주 깨어집니다.
그러면 나는 정신을 잃고, 달과 함께 사라집니다.
사흘동안….

누구와 사랑에 빠지든
늘 사라지는 날들이 있는 법.

무슨 얘기를 하고 있었는지 잊어 버렸습니다.
나의 코끼리는 다시 힌두의 꿈속을 어슬렁거립니다.
이야기, 시…, 파괴된… 몸,
분해, 부활…

친구여! 이제 당신에게 해 줄 이야기가 없습니다.
당신의 얘기를 들려주시겠습니까?
나는 남들의 사랑 이야기를 너무 많이 만들었습니다.
가식들….

말. 해. 줘.
진리는 당신이 들려주는 이야기 속에 있습니다.

나는 시나이 산
당신은 산을 오르는 모세.
여기 이 싯구들은 당신의 메아리.
산은 말할 줄도 모르고, 생각도 못 합니다.
하더라도 아주 조금 밖에는.

육체는 정신의 별자리를 살피는 망원경.
이 망원경을 통해 바다가 되기를.

도대체 왜 이런 정신없는 말들을 하는지….
이런 헛소리는 내 탓이 아닙니다.
당신 때문에….
당신도 나의 이 미친 사랑에 동의합니까?

그렇다고 하세요.
당신이 어느 나라의 언어로 대답하건, 나는 다시 한 번 묶일 터이니.
당신의 머리로 삼은 로프를 가져다주세요.
아까 하던 이야기가 생각났습니다.

'그 사람'은 자신의 낡은 신발과 양가죽 외투를 물끄러미 바라봅니다. 매일 다락방으로 올라가 자신의 신발과 외투를 바라봅니다. 이것은 자신의 본래를 기억하고 자아와 오만에 취하지 않는 그만의 지혜입니다.

신발과 외투를 찾아가는 것을 찬미하십시오.

무無를 다루는 절대 작업.

작업장도 재료도 이 세상에는 존재하지 않는 것.

백지가 되려고 노력하십시오.

그리고 아무것도 자라지 않은 대지에 잉크 방울이 되십시오.

뭔가 심어야 할 곳에 씨앗이 되고, 가능성이 되십시오.

그 절대로부터.

사랑의 그림자

형상을 알 수 없는 새 한 마리 날아가 버립니다.
짧은 그림자를 떨어뜨리며.

육체란 무엇일까요?
그것은 사랑의 그림자의 그림자.
온 우주를 담고 있는 사랑의 그림자.

남자는 힘겹게 잠이 듭니다.
태양처럼 불타오르는 가슴을 쥐고,
장엄한 장식이 새겨진 이불 밑에서.

남자는 뒤척입니다.
모든 상상은 거짓입니다.
맑고 붉은 바위가 단내를 맛봅니다.

아름다운 입술을 맞추는 당신.
공포의 자물쇠를 돌리는 열쇠.
던져진 말 한마디가 날카로운 각을 세웁니다.
엄마 비둘기가 둥지를 찾습니다.
“어디, 어디?”

그 사자獅子가 드러눕는 곳.
어느 사내(여인네)라도 울게 되는 곳.
병자가 치료를 위해 모여드는 곳.
바람이 쭉정이를 날리고, 배를 제 길로 인도하는 곳.
모든 이가 ‘신이 나타났다’고 외치는 곳.
오! 그곳 너머의 그곳.

베틀이 돌아갑니다.
앞으로 뒤로,
동에서 서로.
“우리는 어디 있나? 여기가 어디인가?”

태양도 말합니다.

"여기가 어디인가?"

묻고 또 묻고…

그 물음과 물음들이 씨줄과 날줄을 엮는.

갈대 피리의 노래

갈대 피리가 들려 준 이야기를 들어보세요.

끊어진 존재에 대한 두 개의 이야기.

✣ ✣ ✣

나는 뿌리에서 잘려 나와 줄곧 이 슬픈 소리를 냅니다.

사랑하는 사람과 헤어진 사람은 내 노래를 이해할 것입니다.

고향을 떠나온 사람은 늘 돌아갈 날만을 그리워합니다.

웃음과 비탄과, 그 어떤 노래를 친구에게 들려주어도 악보 안에 숨겨진 비밀을 듣지는 못합니다.

아무도 귀가 없습니다.

육체는 정신 없이 떠다니고, 정신은 육체를 떨치고서 나갑니다. 감출 것도 더 보탤 것도 없이, 제 영혼을 들여다볼 기회도 없이.

갈대 피리는 바람이 아니고 불길입니다.
자신을 텅 비우시길.

✣ ✣ ✣

저 피리가 울어대는 엉킨 사랑의 불꽃을 들어보세요.
놀라움은 술로 녹아들고,
갈대 피리는 세상을 찢고 날려버리려는 모든 사람의 친구.

저 피리는 고통이자 위안,
육체를 탐닉하고 탐닉함을 탐닉함,
비참한 몰락과 맑은 사랑.
모두…
비밀을 듣는 이들은 모두 부질없음을 압니다.

혀는 한 분의 손님을 모시고 있습니다.

그 손님은 귀.

사탕수수 피리가 잘려나가면 남은 줄기는 설탕이 되듯이….

누구나 그렇습니다.

하루하루는 욕망으로 그득합니다.

하루하루가 하는 대로 그냥 두십시오.

순수하고 텅 빈 악보처럼 당신 안에 머무르시길.

모든 갈증은 채워지지만 바다를 헤엄치는 물고기의 갈증은 채울 길이 없습니다.

먹지 않고 살 수 없듯이 피리의 노래에 귀를 기울이십시오.

저 노래를 두려워하는 사람과 함께하지 마십시오.

그저 '안녕'이라고 말하고 떠나십시오.

아무리 빨리 달려도
당신의 그림자가 늘 앞서갑니다

이 세상에 속한 한 조각이 어찌 이 세상을 떠나겠습니까?
어찌 물에 젖은 공기가 물을 떠날 수 있단 말입니까?

불덩이를 던져 불을 끄려 하지 마십시오.
피로써 상처를 씻으려 하지 마십시오.

제아무리 빨리 달려도 당신의 그림자가 늘 앞서갑니다.
당신보다도 앞서갑니다.
오직 당신 앞에 떠 있는 저 충만한 태양만이 그림자를 사라지게 합니다.

그러나 그림자는 지금껏 당신을 도왔습니다.

당신의 고통, 당신의 은총.

어둠은 당신의 촛불.

당신의 울타리는 당신의 탐색.

나는 당신을 위해 달려줄 수 있습니다.

하지만 그러면 당신의 심장을 감싼 유리는 깨지고 말 것입니다.

다시 고칠 길 없이.

당신은 그림자의 근원과 빛의 근원을 지니고 있습니다.

들어보십시오. 그리고 저 외경의 나무 그늘에 머리를 두십시오. 그 나무를 벗어날 때, 깃털과 날개가 당신으로부터 나올지니.

비둘기보다 더 고요해지길.

침묵하고, 침묵하라.

개구리가 물로 뛰어들면 뱀은 더 이상 쫓아가지 못합니다.

개구리가 물 밖으로 나와 울어대야 뱀은 개구리를 잡을 수 있습니다.

설사 개구리가 뱀의 소리를 내더라도 뱀은 그 소리 너머의 필요한 소리를 찾아냅니다.

개구리의 소리.

그러나 개구리가 완벽히 침묵한다면 뱀은 제 둥지에서 잠이 들 것입니다.

그때 비로소 개구리는 보리밭까지 갈 수 있습니다.

영혼은 침묵의 호흡 안에서 지냅니다.

대지에 심은 보리 씨앗처럼 침묵 안에서 움트고 자라납니다.

이런 말들로 충분한가요?

뭔가 더 쥐어짜 내어 볼까요?

나는 누구인가요? 친구여!

신비의 춤

저 깨어있는 남자가 자신의 신에게 말합니다.

"당신은 제 영혼이 깃든 하늘,

사랑 안의 그 사랑, 부활의 장소."

이 창문이 당신의 귀가 되기를….

저는 당신의 침묵의 소리와 삶을 소생시키는 미소를 그리다가 정신을 잃곤 합니다. 당신은 가장 작은 일과, 나의 미신 같은 의심과, 그리고 가장 큰 것에 주의를 기울입니다.

제 동전이 가짜라는 것을 당신은 압니다. 그래도 당신은 제 돈을 받습니다. 저의 이 무례함과 거짓을!

당신께 말씀 드릴 다섯 가지가 있습니다.

당신의 은총에 들 다섯 손가락.

하나, 당신과 떨어져 있으면 이 세상은 존재하지 않습니다. 다른 세상도….

둘, 제가 그리는 것은 오직 당신뿐입니다.

셋, 내가 왜 셋까지 세는 법을 배웠나?

넷, 내 보리밭에 불이 났네!

다섯, 이 손가락은 저 신비의 여인 라비아를 뜻합니다.

그리고 이 손가락은 다른 이를 상징합니다.

여기에 무슨 차이가 있나요?

이것들은 언어인가요, 눈물인가요?

울음 속의 말들인가요?

제가 무엇을 하게 되나요? 사랑하는 이여….

그는 말합니다.

주위의 모든 이들이 그와 함께 울기 시작합니다.

미친 듯이 웃습니다.

신과 신을 그리는 이들이 모여 흐느낍니다.

이것이 참 종교입니다.

다른 모든 것들은 버려진 눈가리개.
참 종교를 가렸던….

이것은 노예와 주인이 함께 추는 신비의 춤.
이것은 존재하지 않은 존재.
언어도, 세상의 다른 어떤 것도 이것을 표현할 수 없습니다.

나는 이 춤추는 이들을 압니다.
낮과 밤으로 나는 그들의 노래를 부릅니다.
이 오감五感의 새장 안에서.

내 영혼이여,
답을 구하려 애쓰지 마십시오!
친구를 찾아 숨으시길.
그러나 무엇이 숨어 지내게 해 주나요?
사랑의 비밀은 늘 장막 위로 머리를 드러냅니다.
"나 여기 있어요!"라며.

나는 친구를 잃었습니다

여기 당신이 원하는 마법의 표지가 있습니다. 밤을 새워 울고, 새벽에 일어나 묻고, 낮이 가기를 바라지 않아도 낮은 가고, 몸은 점점 야위고, 버린 것은 당신의 모든 것.

잠과 건강과 머리에 속한 모든 것을 희생하고, 때로 선인장처럼 불가에 앉아, 때로 부서진 투구를 쓰고 칼을 맞으러 나갑니다.

무력한 행동이 습관이 되면 그것이 표지입니다.

당신은 진기한 얘기를 듣고자 이리저리 뛰어다닙니다.

방랑자의 얼굴을 들여다봅니다.

"왜 당신은 미친 사람처럼 날 쳐다봅니까?"

나는 친구를 잃었습니다. 죄송합니다.

이런 갈구는 열쇠를 찾습니다.

방랑자 중에는 당신을 기꺼이 맞아 줄 사람이 있습니다.

정신을 잃고 헛소리를 합니다.

풋내기들은 말합니다.

"어, 이 사람 맛이 갔네."

허나 그들이 뭘 알겠습니까?

물은 바닷가의 물고기를 씻어줍니다.

그리고 그 물이 마법의 표지입니다.

나의 주절거림을 용서하십시오.

어찌 이런 주제를 잘 정돈하여 말할 수 있겠습니까?

그것은 마치 꿩과 까마귀의 노래를 받아 적으며 정원의 나뭇잎을 세는 것과 같습니다.

때로 조직과 경쟁은 귀를 막아 버립니다.

그 속에는 2천 명의 '나'와 '우리'가 있습니다.

누가 나인가요?

내 질문을 막으려 하지 마십시오.

들어보세요. 내가 이렇게 정신없는 말을 할 때의 나를.

내 앞에는 깨질 만한 물건은 놓지 마세요.

내 속에는 하나의 근원이 있습니다.
여기 이것은 그것의 거울. 당신을 위한.

당신이 즐거우면 나도 즐겁습니다.
당신이 아프거나 비통하거나 은총 안에 들거나 나는 모두 받아들입니다.

초원의 사이프러스 나무 그늘처럼, 장미 그늘처럼,
나는 장미처럼 삽니다.
내가 나를 당신에게서 떨어뜨리면, 나는 온전히 가시로 돌아갈 것입니다.

나는 닿습니다. 당신이 나의 울음을 터뜨리길 기다리며….

살라딘의 따스함이 내 가슴에 초를 밝힙니다.
그런데, 나는 누구인가요?
그의 텅 빈 거지쪽박….

신도 때로는 극적인 역전을 허락합니다

나는 예전에 모든 장인들은 자신들의 손길이 닿지 않은 곳을 찾는다고 말했습니다.

집 짓는 이는 지붕을 꺼뜨린 썩은 구멍을 찾습니다.

물지게꾼은 빈 항아리를 찾습니다.

목수는 문이 없는 집을 찾습니다.

일꾼들은 빈 곳에서 힌트를 찾아 들어갑니다.

그리고 그 빈 곳을 채우기 시작합니다.

비록 그들의 희망이 텅 빈 곳에 있을지라도 피해서는 안 됩니다.

그 텅 빔이 당신이 원하는 것을 채워줄 수 있기 때문입니다.

사랑하는 이여.

당신의 마음속에 이 광대한 무無가 머물고 있지 않다면

이제라도 그 안에 둥지를 트는 것은 어떻습니까?

참을성 있게 기다리며….

이 보이지 않는 바다는 당신에게 무언가를 하나 가득 주어왔습니다.

그러나 당신은 여전히 그것을 '죽음'이라고 부릅니다.

당신에게 양식과 일자리를 주었건만.

신도 때로는 극적인 역전을 허락합니다.

그래서 당신은 전갈로 가득 찬 욕망의 단지를 만납니다.

주위에는 아름다운 풍경이 펼쳐져 있고, 독사들은 우글거립니다.

죽음과 고적함에 대한 당신의 공포가 이 얼마나 이상한 것인가요.

욕망에 집착하는 것이 또 얼마나 일그러진 것인가요.

그러니 친구여. 이제 불안을 지우고 내 말을 들어보십시오.

아타르의 이야기를 해 보지요.

그는 마흐무드 왕의 진주 빛 영광을 줄지어 말합니다.

하지만 그 중에는 왕의 인도 군대가 거둔 한 오점도 있었으니….

왕의 양자로 간택된 한 힌두 소년이 있었습니다.

왕은 소년을 통치자로 만들고자 가르치고 왕의 위엄을 심어 주었습니다.

소년은 왕의 옆, 황금 옥좌에 앉았습니다.

어느 날 왕은 소년이 울고 있는 것을 보았습니다.

"왜 우는가? 너는 황제의 친구! 너의 명령을 기다리는, 별처럼 많은 나라가 네 밑에 있건만."

소년은 대답했습니다.

"저는 제 어머니와 아버지를 떠올리고 있었습니다. 제 부모는 당신이 얼마나 무서운 사람인지 어린 제게 늘 이렇게 말해주곤 했습니다.

'어, 저 사람 마흐무드 왕의 법정으로 끌려가네! 지옥으로 가는 것이 더 낫지….' 여기 앉아 있는 저를 보아야 할

제 부모는 지금 어디 있나요."

이 이야기는 변화를 두려워하는 당신 자신에 관한 이야기입니다.

당신은 힌두 소년. 마흐무드 왕은 종말을 향한 기도!

영혼의 결핍과 텅 빔.

어머니와 아버지는 신앙과 혈통, 욕망과 안락한 습성에 대한 당신의 집착을 의미합니다.

그들의 말에 귀를 기울이지 마십시오!

그들은 보호자가 아니라 감옥입니다.

그들은 당신이 만난 최악의 적.

그들은 당신이 텅 빈 삶을 두려워하도록 만듭니다.

언젠가 당신은 그 법정에서 기쁨의 눈물을 흘리게 될 것입니다.

당신의 부모들이 저지른 실수를 회상하면서.

이것을 명심하시길.

당신의 육체는 당신의 영혼을 기르고, 성장을 돕습니다.
그러고는 영혼에게 잘못된 충고를 합니다.

결국 육체는 평화롭게 돌고 도는 거대한 행운의 편지가 됩니다.
여름에는 너무 뜨겁고, 겨울에는 너무 차가운.

그러나 한편으로 육체는 당신이 꼭 참아내야 할 예측할 수 없는 친구이기도 합니다.
참을성은 당신의 사랑과 평화의 그릇을 넓혀 주기 때문입니다.
가시 옆, 장미의 인내는 향기를 지켜줍니다.
그 인내는 어린 낙타에게 세 살이 될 때까지 우유가 되어 주고, 그 인내는 바로 선지자들이 우리에게 보여 주는 바로 그것입니다.

옷을 만드는 조심스러운 바느질의 아름다움은 인내를 담고 있습니다.
우정과 충성은 그 힘만큼의 인내를 갖고 있습니다.

외로움과 수치는 당신이 참고 견디지 않았음을 보여줍니다.

우유에 꿀을 섞듯 신과 섞인 이들과 함께하십시오.

그렇습니다.

"가고 오는 것, 일어나고 스러지는 것, 이런 것들은 내가 사랑하는 것이 아니니."

선지자들을 만들어 낸 저 큰 하나 안에서 사십시오.

그렇지 않으면 당신은 길가에 버려져 혼자 사그라지는 여행자의 모닥불이 될 것입니다.

미친 사람의 자유

그 동안 나는 내가 쓴 글을 사 줄 사람을 찾곤 했었습니다.
그러나 지금은 나를 글로부터 구원해줄 사람을 기다리고 있습니다.

나는 매혹적이고 심오한 수많은 형상과 장면들을 만들어 냈습니다.
아브라함, 아브라함의 아버지, 아자르….
모두들 유명한 성상聖像들이었습니다.

나는 내가 해 온 일들에 진저리가 났습니다.
그러자 형태가 없는 한 이미지가 떠올랐고, 나는 그만두었습니다.

나는 마침내 미친 사람의 자유를 알게 되었습니다.

간혹 어느 형상이 나를 찾으면 소리칠 것입니다.
“꺼져버려!”
그러면 사라져 분해됩니다.

오직 사랑뿐
오직 깃발을 꽂는 깃대와 바람뿐

그러나… 깃발은 없습니다.

어떤 이에게는 곧은 길이,
또 다른 이에게는 수렁이듯이

어느 날 한 수피는 양식 보따리 하나가 텅 빈 채 걸려 있는 것을 봅니다.

그는 돌아서서 자기 옷을 찢기 시작합니다.

"아무런 양식도 필요치 않은 양식!"

"배고픈 이를 위한 구원!"

그의 불길이 더욱 커지자 다른 이들도 합세합니다.

사랑의 불길 안에서 소리치고 한탄합니다.

이를 본 한 멍청한 방랑자가 말합니다.

"저건 그냥 빈 보따리일 뿐인데…."

그 수피는 말합니다.

"가거라. 너는 우리가 원치 않는 것을 원한다. 너는 그의 연인이 아니다."

연인은 세상과는 아무런 관계없이 지냅니다.
그는 돈과 관계없는 이자를 거둡니다.
날개도 없이, 세상 곳곳을 날아다닙니다.
손이 없어도, 경기장에서 공을 낚아챕니다.

저 수도승이 진실의 낌새를 맡았습니다.
곧 순수한 비전의 바구니를 짭니다.

연인들이 여기 이 들판에 천막을 칩니다.
그들의 빛깔은 들판과 같습니다.

갓난아이는 구운 고기의 맛을 모릅니다.
영혼에게는 양식이 아니라 양식의 향이 양식입니다.

이집트 사람에게 나일 강은 핏빛입니다.
하지만 유대인에게는 맑은 강입니다.
어떤 이에게는 곧은 길이, 또 다른 이에게는 수렁이듯이.

이 세상에서 가장 게으른 사람

죽음의 순간에 이른 한 노인이 그의 세 아들에게 재산에 대한 유언을 남겼습니다. 그는 자신의 아들들에게 온갖 정성과 헌신을 다 했었습니다. 아들들은 사이프러스 나무처럼 아버지 곁에 둘러앉았습니다.

조용하고, 엄숙하게.

노인은 마을 판관에게 말했습니다.

"누가 되었건 가장 게으른 녀석에게 내 모든 재산을 주시오."

그리고 노인은 죽었습니다.

마을의 판관은 세 아들을 향해 이렇게 말했습니다.

"너희는 이제 나에게 너희가 얼마나 게으른지 보여 주어야 한다. 그러면 내가 그 게으름을 판단하겠다."

신비스러운 이들은 게으름의 전문가들입니다.

이들은 게으름에 의지합니다.

왜냐하면 신이 자신의 주위에서 무슨 일을 하는지를 꾸준히 살펴야 하기 때문입니다.

밭을 갈지 않아도 수확은 계속 이어집니다.

"자, 어서 오라. 와서 너의 게으름에 대해 설명해 보아라."

이름을 가진 세상의 모든 것들은 내적 자아의 덮개일 뿐입니다.

한 조각의 구운 고기보다도 작은 커튼의 펄럭임이 수백 개의 폭발하는 태양들을 드러낼 수도 있습니다.

진부하고 틀렸다고 생각되는 것이라도 귀를 가진 사람은 그 속에서 근원의 소리를 듣습니다.

한 줄기 산들바람이 마당을 넘어옵니다.

또 다른 바람이 먼지 더미를 날립니다.

여우와 사자의 울음소리가 어떻게 다른지 생각해 보십시오.

그리고 그들이 당신에게 뭐라고 말하는지 들어보십시오.

귀를 기울이는 것은 냄비의 뚜껑을 여는 것입니다.
당신은 저녁을 짓는 법을 배웁니다.
어떤 이는 냄새만 맡아도 바로 알아차립니다.
식초가 들어간 상큼한 수프로 요리한 달콤한 저녁….

질그릇을 사기 전에 두드려보면
그릇이 온전한지 아니면 금이 갔는지 알 수 있습니다.

세 형제 가운데 제일 맏형이 판관에게 말했습니다.

"나는 목소리로 사람을 알아볼 수 있습니다. 그 사람이 말이 없으면 저는 사흘을 기다립니다. 그리고 직관적으로 그를 알아챕니다."

둘째가 말했습니다.

"저는 대화를 통해 사람을 알아봅니다. 그가 말이 없으면, 제가 먼저 말을 겁니다."

판관이 물었습니다.

"그런데 그 사람이 말장난을 하면 어쩌지?"

"……"

어머니가 어린 나에게 해 주었던 말이 생각납니다.

"밤에 무덤가를 지나다가 귀신을 만나면, 그놈을 향해 뛰어들어라. 그러면 귀신은 도망간다."

어린 나는 되물었습니다.

"그런데 만일 귀신의 엄마도 같은 방법을 알려 주었으면 어쩌죠? 귀신도 엄마가 있을 텐데."

"……"

둘째 아들은 대답을 못했습니다.

그러자 판관은 막내에게 물었습니다.

"만일 어떤 사람이 도무지 말을 하지 않는다면 너는 어떻게 상대의 속내를 알 수 있지?"

"저는 말없이 그의 앞에 앉아서 인내의 사다리를 세우겠습니다. 그리고 그의 존재로 인해 제 가슴속에 기쁨의 언어가 솟아나는지 슬픔의 언어가 솟아나는지를 살피겠습니다. 저는 그의 영혼이 예멘 하늘에 빛나는 카노푸스 별의 깊이와 밝기로 빛나게 되면, 언어의 힘찬 오른팔을 휘두르며 말을 시작하겠습니다. 그러면 저는 제가 하는 말과 말투를 통해 그를 알아봅니다. 둘 사이에 창문이 열려 있고, 존재 사이에는 밤바람이 불기 때문입니다."

막내가 가장 게을렀습니다.
그의 승리.

세상의 모든 악기

이 노래들을 갈무리하느라 애쓰지 마시길!
악기 하나가 부러지더라도 신경 쓰지 마시길!

우리가 던져진 이곳은 도처가 음악입니다.
기타 소리와 피리 소리는 바람을 타고 일어납니다.
세상의 모든 하프가 죄다 불 타 없어지더라도 숨겨진 악기는 늘 있는 법.

그렇게 촛불은 펄럭이다 꺼져갑니다.
우리에게는 부싯돌이 있고 불꽃이 있습니다.

이 노래는 바다의 거품과 같은 것이고 은총의 몸짓은 진주에서 유래됩니다.
바다 속 어딘가의 진주.

시는 물보라처럼, 바다에 떠다니는 나무토막처럼 해변에 당도합니다. 갈망!

시는 우리가 볼 수 없는 느리고 힘 있는 뿌리를 뽑아냅니다.

이제 침묵하십시오.

가슴 한가운데의 창문을 열고, 영혼들을 날게 하십시오.

안으로, 밖으로….

미래에 대한 뉴스

저 밖, 얼어붙은 사막의 밤.

이 밤의 안에는 따뜻함과 불길이 자라고 있습니다.

저 광야는 가시 돋친 땅으로 덮여 있게 내버려두십시오.

우리는 이 안에 부드러운 정원을 가지고 있습니다.

대륙들은 광풍이 몰아치고, 도시와 마을들… 모든 것이 그을리고 검게 타 버립니다.

미래에 관한 뉴스들은 온통 비탄으로 가득합니다.

그러나 이 안의 진짜 뉴스는 전혀 뉴스거리가 없습니다.

불과 물

한 수도승이 다른 수도승에게 물었습니다.

"당신이 본 신의 모습은 어떤 것입니까?"

"나는 본 것이 없습니다. 하지만 대화를 위해, 이야기 하나를 들려주겠습니다."

나에게 신의 모습은 왼편에 불이고, 오른편에는 사랑스러운 시냇물입니다.

어떤 무리는 불을 향해, 그 불길 안으로 걸어 들어갑니다.

또 다른 무리는 달콤하게 흐르는 물을 향합니다.

어떤 쪽이 은총인지 아닌지는 아무도 모릅니다.

불로 들어간 사람은 문득 냇물 안에서 나타납니다.

물속으로 들어간 머리는 불 밖으로 나옵니다.

많은 사람들은 불 속으로 들어가는 것을 꺼려합니다.

하지만 결국 그 안에서 끝을 봅니다.

기쁨의 물을 사랑하는 사람들은 이런 역전 속에서 놀림을 당합니다.

이런 놀림은 더 있습니다.

불의 목소리가 진실을 말합니다.

“나는 불이 아니다. 나는 물의 근원이다. 내게로 오라. 불꽃을 두려워하지 마라.”

당신이 신의 친구라면, 불이 당신의 물입니다.

십만 쌍의 나방 날개가 있어야 하룻밤에 한 쌍씩 날개를 태워 없앨 수 있을 겁니다.

나방은 빛을 보고 불로 뛰어듭니다.

당신은 불을 보고 빛으로 뛰어들어야 합니다.

불은 신이 세상을 없애는 것이고, 물은 신이 세상을 보호하는 것입니다.

하나는 다른 것의 모습을 하고 있습니다.

당신이 가진 그 눈에는 물이 타는 것처럼 보입니다.

불이 위대한 해방으로 보입니다.

쌀이 담긴 그릇을 벌레로 가득하게 바꾸는 마술을 본 적이 있을 겁니다.

마술사는 입김을 불어 마룻바닥에 전갈이 가득하게 만들기도 합니다.

그러니 신의 마술은 얼마나 더 놀라운 것일까요!

수많은 세대 동안, 사람들은 지치고 실패하면서 계속 생각했습니다.

하지만 사람들은 남자에게 억눌린 여자처럼 같은 자리만 돌고 있습니다.

안락함과 고통에 대한 신의 역전을 단 한순간, 티끌처럼 한 번 생각하는 것이 그 어떤 예배보다 낫습니다.

머리를 부숴야 진짜 알맹이가 나옵니다.

불과 물은
거울 속에 우연히 비춰진 서로의 모습일 뿐입니다.

내 사랑

나는 당신이 원하는 것을 알고 싶습니다.
당신은 길을 막고서 나에게 휴식을 주려하지 않습니다.
당신은 내 생명의 끈을 이리저리 당깁니다.
당신은 정말 냉정하군요. 내 사랑!
내 말을 듣고 있나요?

이 대화의 밤이 언제 끝이 나나요?
왜 내가 아직도 당신에게 쩔쩔매며 두려워해야 하나요?
당신은 수천이고 하나입니다.
조용히, 하지만 가장 또렷하게.

당신의 이름은 봄입니다.
당신의 이름은 술입니다.
당신의 이름은 술의 메스꺼움입니다.

당신은 나의 의심이고,

내 눈의 광채입니다.

당신은 모든 이미지입니다.

나는 아직도 당신 때문에 향수병에 걸려 있습니다.

내가 그곳에 닿을 수 있나요?

사슴이 사자에게 달려드는 곳이 어디인가요?

어디서 그 '하나'가 나의 뒤를 쫓나요?

이 북소리와 말들이 계속 고동칩니다.

이 소리들이 침묵의 덮개를 두드립니다.

지혜는 아이처럼 즐겁다

한 청년이 마을을 돌며 물었습니다.

"저는 현자를 찾고 있습니다. 저는 풀어야 할 숙제가 있습니다."

그때 곁에 있던 사람이 말했습니다.

"우리 마을에는 지혜로운 사람이 딱 한 사람 있소. 저기서 아이들과 놀고 있는 저 사람이오. 목마를 타고 노는 저 사람이오. 그는 예민하고, 불꽃 같은 내면의 눈과 밤하늘 같은 드넓은 신성을 가지고 있소. 그러나 그는 아이들과의 놀이에 취해 그 모든 걸 숨기고 있지."

그 젊은 구도자는 아이와 함께 놀고 있는 그에게 다가갔습니다.

"스승이시여, 당신은 정말 아이가 되었군요. 제게 비밀을 말해 주십시오."

"가라. 오늘은 비밀을 위한 날이 아니다."

"하지만… 잠시라도."

그 현자가 탄 말이 빨라졌습니다.

"어서 물어 보아라. 더 이상 말을 몰기가 어렵구나. 어, 말에 채이지 않게 조심하고. 이 말은 아주 거친 녀석이군!"

청년은 그런 어수선한 분위기에서는 자신의 심각한 질문을 하기 어렵다고 느꼈습니다. 청년은 농담을 했습니다.

"저는 결혼을 해야 합니다. 혹시 이 거리에 마땅한 신부감이 있을까요?"

"세상에는 세 부류의 여자가 있다. 한 부류는 영혼의 보물이고, 두 부류는 슬픔의 씨앗이다. 첫째 부류는 결혼을 하면 온전히 네게 속한다. 둘째 부류는 네게 반만 속하게 되고, 셋째 부류는 너와는 아무 관계가 없는 여인이다. 이 말이 네 머리를 걷어차기 전에 이곳을 떠나라. 어서."

현자는 아이들에 둘러싸여 말에서 내렸습니다.

청년은 소리쳤습니다.

"여자의 부류에 관해 좀 더 말씀해 주십시오!"

현자는 목마를 끌고 청년에게 다가갔습니다.

"첫 번째는 처녀이다. 그녀는 모두 네게 속하는, 행복과 자유를 주는 영혼의 보물이다. 두 번째는 아이가 없는 과부이다. 그녀의 반만 네게 속한 것이다. 세 번째는 아이가 있는 과부이다. 그녀는 첫 번째 남편과의 사이에서 아이를 얻었다. 그리고 그녀의 모든 사랑은 아이에게로 갔다. 그녀는 너와는 아무 관계가 없다. 이제 알겠느냐. 비켜라. 말 경주가 시작되려 한다."

현자는 큰소리로 말을 몰면서, 아이들을 불렀습니다.

"스승이시여, 한 가지만 더 묻겠습니다."

현자는 청년을 돌아보았습니다.

"뭐냐? 어서 물어보아라. 저 기수들이 나를 찾는다. 내가 사랑에 빠진 것 같구나."

"당신이 하는 이 놀이는 도대체 무엇인지요? 어찌하여 당신의 지혜를 이렇게 숨기고 계신가요?"

"여기 사람들은 나를 못 잡아먹어서 안달이지. 판사, 행정관, 온갖 서류 작성까지 모두 내게 맡기려고 하지. 내가 원치 않았던 지식들을 말이야…. 나는 사탕수수 농장이다.
그리고 동시에 나는 그 달콤함을 먹지."

배워서 안 지혜는 이것과는 다릅니다.
그런 사람들은 늘 대중이 좋아할지 싫어할지를 염려합니다. 인기를 위한 미끼와 같은 것입니다.
명성을 위한 지식은 고객이 필요한 법이니까요.
하지만 거기에는 영혼이 없습니다.
대중의 반응이 좋으면 갑자기 힘이 생기고 원기왕성해지다가, 반응이 없으면 그만 슬럼프에 빠집니다.

유일한 손님은 신뿐입니다.
신, 사랑의 달콤한 사탕수수를 천천히 씹어보십시오.
그리고 아이처럼 즐겁게 지내십시오.
당신의 얼굴이 지혜로 빛나며 장밋빛으로 변할 것입니다.
마치 연꽃처럼….

가난한 베두인 여인

어느 사막의 밤, 한 가난한 베두인 여인이 자신의 남편에게 말합니다.

"모두들 행복하고 풍요롭습니다. 우리만 빼고! 우리는 빵도 향료도 없고, 밤을 보낼 담요 한 장 없습니다. 보름달을 빵이라고 착각할 지경입니다. 거지들도 우리를 보면 당황합니다. 모두가 우리를 피합니다. 아랍의 남자는 훌륭한 전사라고 들었는데, 당신은 어떠합니까. 그저 비틀거리며 돌아다닐 뿐입니다. 손님이 찾아온다면 그가 잠든 사이에 손님의 누더기를 훔쳐야 할지도 모릅니다. 당신을 여기까지 몰고 온 이가 누구인가요? 우리는 콩 한 조각도 없습니다. 이것이 10년을 당신하고 산 결과입니다.

여인은 계속 말을 이었습니다.

"신이 정말 풍요롭다면, 우리는 사기꾼을 쫓아온 게 분명합니다. 그렇지 않나요? 사기꾼들은 늘 내일이면 좋아질 것이라고, 보물이 주어질 거라고 말하지요. 하지만 우리 모두가 알듯이 그런 일은 절대로 오지 않습니다. 운이 좋으면 사기꾼의 제자를 만나 사기꾼을 피하는 방법을 배울 수는 있겠지요. 저는 정말 궁금합니다. 도대체 왜 우리가 이렇게 못 살아야 하는지…."

마침내 남편이 대답했습니다.

"얼마나 더 오래 돈과 돈에 대한 욕망을 놓고 불평할 셈이오? 우리 인생의 급류는 이제 거의 지나갔소. 덧없는 것을 놓고 걱정하지 마시오. 동물들이 사는 것을 보시오. 나뭇가지 위에 비둘기, 나이팅게일의 찬란한 노래, 모기, 코끼리… 모든 삶이 신 안에서 양식을 구하고 있소. 당신이 느끼는 이 고통들은 전령이라오. 그들에게 귀를 기울여 보시오. 그리고 그 달콤함을 느껴 보시오. 밤은 이제 거의 끝나가고 있소. 당신의 젊은 시절, 당신은 자족하는 기쁨을 알았지만, 지금 당신은 종일토록 돈만을 생각하고 있소.

당신은 돈이 되어 버렸소. 당신은 한 때 건강한 덩굴이었지만, 이제는 썩은 과일이 되었소. 당신은 더욱 달고 단 과

일을 키웠어야 했건만, 이미 너무 많이 그릇된 길을 달려왔소. 나의 아내로서, 당신은 나와 동등해야만 하오. 한 켤레의 신발처럼, 한 쪽이 너무 꽉 끼면 두 짝 모두 쓸모가 없는 법. 두 짝의 문처럼, 우리는 서로 어긋나서는 안 되오. 사자는 결코 늑대와 짝을 이루지 않소."

행복한 거지 남편이 이렇게 자기 아내를 한낮이 다 가도록 꾸짖었습니다. 다시 아내가 대꾸했습니다.

"나에게 당신의 그 높은 경지를 말하지 마세요! 당신의 행동을 보세요. 정신적인 오만은 세상에서 가장 흉한 것. 당신은 마치 춥고 눈 내리는 날, 젖은 옷을 입고 있는 꼴입니다. 너무 견디기 힘든 날씨예요. 저를 당신의 짝이라고 부르지 마세요. 그건 거짓이에요. 당신은 개들도 버린 뼈다귀를 찾아 빼앗는 사람입니다. 당신도 당신의 거짓된 행동에 만족하지 못합니다. 당신은 뱀이면서 동시에 뱀을 홀리는 마법사입니다. 하지만 당신은 그걸 모릅니다. 당신은 돈을 위해 뱀을 홀리고, 뱀 또한 당신을 홀립니다. 당신은 늘 신을 말하면서 나에게 죄책감을 느끼게 합니다. 잘 보세요! 당신이 내게 그런 힘을 쓰려고 하면, 당신의 말들이 당신을 독살하고 말 것입니다."

여인의 거친 말들이 남편을 향해 쏟아졌습니다.

남편은 싸움에서 물러섰습니다.

"여인이여, 이 가난은 나의 깊은 즐거움. 이 삶의 벌거벗음은 정직과 아름다움이라오. 우리는 우리 삶처럼 아무것도 숨길 게 없다네. 당신은 나의 오만과 탐욕을 말하고, 나를 뱀이요, 뱀을 홀리는 마법사라 부르지만 그런 말들은 당신에게 해당되는 것이오. 당신의 분노와 욕심이 결국 나를 통해 그것을 보게 만든 것이오. 나는 이 세상에서 아무것도 바라는 것이 없소. 당신은 맴을 도는 어린아이와 같소. 그리고 이제 당신은 집마저 돌고 있다고 생각하고 있소. 당신의 눈은 잘못된 것을 보고 있소. 참으시오. 그러면 축복을 보게 될 것이오. 그리고 우리 삶 안에서 빛나는 주인의 빛을 보게 될 것이오."

말다툼은 온종일 이어졌다.

그 날보다 더 길게.

사자 문신을 새기는 사람

카즈윈 사람들은 손등이나 어깨, 혹은 신체의 어느 곳에 나 푸른 잉크로 서로 문신을 해주며 행운을 비는 관습이 있었습니다.

어느 날, 한 남자가 이발사를 찾아와서 힘 있고 영웅적인 푸른 사자를 어깻죽지에 새겨 달라고 했습니다.

"멋지게 해 주시오. 나는 사자자리의 힘을 타고났소. 아주 진하게 새겨 주시오."

그러나 바늘을 찌르기 시작하자마자 그는 악을 쓰기 시작했습니다.

"당신 뭐 하는 거야?"

"사자를 새기오."

"어디부터 시작하는 거요?"

"꼬리부터…."

"그래? 그러면… 꼬리는 그냥 두시오. 사자 엉덩이는 나한테 별로 좋은 자리가 아니오. 엉덩이는 내 기세를 꺾지."

이발사는 계속 문신을 새겼습니다.
그러자 또 다시 남자는 비명을 질렀습니다.
"아아악… 이번엔 어디요?"
"귀요."
"귀 없는 사자로 합시다."

이발사는 머리를 저었습니다. 바늘로 한번 찌를 때마다 비명을 질러댔기 때문입니다.
"여기는 어디요?"
"배요."
"나는 배 없는 사자가 좋소."

사자 그리기의 명수인 그 이발사는 손톱을 물어뜯으며 한참을 서 있다가, 결국 바늘을 내려놓았습니다.
"이제껏 아무도 그런 문신을 요구한 적은 없소. 꼬리도 귀도 배도 없는 사자라…. 그런 것은 신도 만들 수 없소."

형제여, 고통을 견디십시오.

순간적인 충동의 감옥에서 탈출하십시오.

그렇게 한다면, 하늘은 당신의 아름다움에 경의를 표할 것입니다.

제 몸을 태우며 빛을 발하는 촛불을 본받으세요.

태양처럼 일어나세요.

잠의 동굴에서 벗어나세요.

그 길은 가시가 장미를 점령해 가는 길.

특별함은 우주와 함께 작렬합니다.

무엇을 기도할 것인가요?

당신 자신을 티끌로 만드십시오.

신에 대해 뭔가를 안다는 것은 무엇인가요?

그 안에서 타 버리는 것. 타 버리세요.

구리는 죽지 않는 신비한 약 안에서 녹습니다.

그렇게 당신 자신을 녹이십시오.

존재를 떠받치는 그 속으로….

당신은 두 손을 꼭 쥡니다.

'나' 또는 '우리'라고 끈질기게 말합니다.

하지만 꼭 쥔 그 손이 당신의 갈 길을 가로막습니다.

금식은 솔로몬의 반지

뱃속이 텅 비면 어디선가 감춰진 달콤함이 나옵니다.
우리는 모두 류트일 뿐 그 이상도 이하도 아닙니다.
잡동사니로 가득 찬 뮤직 박스는 음악이 아닙니다.
머리와 배가 금식으로 깨끗이 타버리면
그 불 속에서 새로운 노래가 흘러나옵니다.

안개는 걷히고, 새로운 힘이 당신을 저 계단 위로 뛰어오르게 합니다.
비우세요.
갈대 피리가 울 듯 흐느끼십시오.
비우세요.
그 갈대 펜으로 비밀을 적으세요.

음식과 술로 배를 채우면

당신의 영혼이 있어야 할 곳에 흉물스러운 동상이 대신 자리를 차지합니다.

금식을 하면, 도움을 바라는 친구들처럼 좋은 습관이 모여듭니다.

금식은 솔로몬의 반지.

환상에 빠지지 마십시오.

그러면 당신은 힘을 잃게 됩니다.

하지만 환상에 빠져 모든 의지와 힘을 잃더라도 금식을 하면 돌아옵니다.

대지에서 솟아나는 군인들처럼 돌아옵니다.

깃발을 휘날리면서….

경험과 환상

"차츰차츰 젖을 떼십시오."

이것이 진정으로 내가 하고 싶은 말입니다. 어머니의 뱃속에 있을 때는 누군가의 양식이 피를 통해 전달되고, 그러다 우유를 마시는 갓난아이가 되고, 좀더 딱딱한 음식을 먹는 어린이가 되고, 지혜를 좇는 수색자가 되고, 보이지 않는 게임을 향한 탐구자가 됩니다.

태아와 어떤 대화를 나눌 것인지를 생각해 보십시오. 당신은 이렇게 말할 것입니다.

"바깥 세상은 넓고 많은 일들이 벌어진단다. 밀밭들과 산들이 지나고 꽃이 만발한 과수원이 있단다. 밤이면 수백만 개의 은하수들이 빛나고, 햇볕 아래서는 아름다운 친구들이 결혼식날 춤을 춘단다.

당신은 태아에게 왜 눈을 감은 채 그 비좁고 어두운 곳에 있는지 묻습니다. 태아가 뭐라고 말하는지 그 대답에 귀를 기울여 보십시오.

"다른 세상이 있을 리 있어요? 나는 오직 내가 경험한 것만을 믿고 따릅니다. 내가 보기엔 당신이야말로 환상에 빠져 있다고 생각되는데요?"

살다보면

이제 독자들이 이런 식의 얘기를
더 하도록 내버려두지 않을 것 같다

바다는 뒷걸음을 치며 거품의 벽을 만들더니 이내 물러납니다. 그러고는 잠시 후 다시 돌아옵니다. 청중들은 떠돌이 수피와 명상에 든 그 친구들의 이야기를 듣고 싶어합니다. 잘 분별하십시오. 이런 이야기에 등장하는 인물들이란 늘 그렇고 그렇다고 생각하지 말고, 기쁨에 찬 명상은 끝났습니다. 음식을 담았던 접시들은 깨끗이 치워졌습니다.

그 수피는 자신의 당나귀가 온종일 자신을 태우고 다닌 것이 생각났습니다.

그는 하인에게 말했습니다.

"여보게, 마구간에 가서 건초와 보리를 좀 섞어서 이 짐승에게 가져다주게."

"그런 걱정일랑 붙잡아 매십시오. 제가 다 알아서 하고 있습니다."

"하지만 나는 자네가 우선 이 녀석에게 보리라도 좀 먹여주면 좋겠네. 이 당나귀는 늙고 이빨도 성하지가 않다네."

"왜 그런 말씀을 하십니까? 제가 적당히 일을 시키고 있습니다."

"그래도 안장도 좀 벗겨주고, 상처에 고약이라도 발라주게."

"저는 수천 명의 손님을 이런 어려운 길에 모셨습니다. 모두들 만족해하며 가셨습니다. 손님도 제 가족처럼 모시고 있습니다. 그러니 걱정하지 마시고 편안히 쉬십시오."

"미안하지만 물을 좀 데워서 건초랑 보리를 좀 섞어서…."

"손님, 왜 이러십니까?"

"그리고 당나귀가 있는 곳에 돌과 배설물을 좀 치우고 마른 흙도 좀 뿌려 주게나."

"손님, 제발 부탁이니 제 일에 간섭하지 말아주세요."

"그리고 당나귀 등에 빗질 좀 해주게. 그 녀석은 빗질을 좋아하거든…."

"손님! 허드렛일은 제가 알아서 할 몫입니다."

그 하인은 휙 돌아서 쌀쌀맞은 얼굴로 마을에 사는 제 친구들을 만나러 가버렸습니다.

그 수피는 잠자리에 들었습니다. 악몽을 꾸었습니다. 당나귀가 늑대에게 물려 갈기갈기 찢기거나, 도랑에 힘없이 처박히는 꿈을 꾸었습니다. 그의 꿈은 맞았습니다! 그의 당나귀는 밤새도록 음식도 물도 없이 버려져, 기운을 잃고 숨을 헐떡이며 죽어가고 있었습니다. 그 하인은 자기가 하겠다고 큰소리 친 일을 아무것도 하지 않은 것입니다.

살다보면 그런 부도덕한 허풍쟁이를 만나기도 합니다.
주의해서 당나귀를 돌보십시오.
이런 일은 어느 누구도 믿지 마십시오.
당신을 칭찬하는 위선자는 당신의 가슴속에 있는 당나귀의 건강 따위에는 관심이 없습니다.

당신에게 꼭 필요한 참 양식을 구할 때는 집중하고 용감하십시오.
어떤 감언이설에도 흔들리지 마십시오.

내 안에 사는 짐승

이 이야기는 당신 안에 사는 짐승들이 힘을 발휘할 때,
어떻게 당신의 영혼을 압도하는지를 보여줍니다

당신은 친구에게 외투를 만들어 줄 수 있는 질이 좋은 옷감을 가지고 있습니다. 그러나 다른 이는 그것으로 바지를 만들 수도 있습니다. 옷감은 그저 사람들의 결정에 따를 수밖에 없습니다. 복종해야 합니다. 마치 당신 집에 누군가 함부로 들어와서 정원에 가시덤불을 심고 가는 것과 같이. 이런 추한 일들이 곳곳에서 일어납니다.

천막집 입구에 누워 있는 유목민의 개를 본 적이 있지요? 문턱에 턱을 괴고 눈을 감고 있는 개. 아이들이 꼬리를 잡아당기고 얼굴을 때려도 개는 움직이지 않습니다. 개는 아이들의 관심을 사랑하고 그 안에서 겸손하게 지냅니다. 그러나 낯선 사람이 지나가면 개는 사납게 달려듭니다. 그

때, 개 주인이 개를 통제할 수 없으면 어떻게 될까요?

가난한 수도승이 나타나면 개는 질풍처럼 달려들 것입니다.

수도승은 말합니다.

"이런 오만한 개가 덤벼들 때 나는 신 안에서 피난처를 찾는다."

개 주인은 말합니다.

"나도 그렇습니다. 내 집이긴 하지만 나도 이 짐승을 어찌할 도리가 없습니다. 당신이 더 다가갈 수 없듯이 나도 나가볼 수 없습니다."

짐승의 에너지는 이렇게 괴수가 되어 당신의 신선한 삶과 아름다움을 파괴할 것입니다. 이런 개는 사냥에나 데리고 다니십시오! 그렇지 않으면 당신이 그 개의 사냥감이 될 수도 있습니다.

어떻게 하면 낙타가 바늘귀로 들어갈 수 있을까?

한 사람이 '그 친구'의 문을 두드렸습니다.

"거기 누구요?"

"접니다."

그 친구는 말했습니다.

"가시오. 여기에 날고기를 올릴 밥상은 없소."

그 사람은 일 년 동안을 방황하며 떠돌았습니다.

분리의 불길이 위선과 에고를 변화시켰습니다.

그 사람은 완전히 요리되어 '그 친구'의 집 앞에 다시 섰습니다.

부드럽게 문을 두드렸습니다.

"누구요?"

"당신입니다."

"어서 들어오시오. 나! 이 집에는 둘을 위한 자리는 없다네. 실의 두 끝을 한 바늘에 꿸 수는 없는 법이라네. 한 점, 잘 정제된, 실의 끝만을 위한 자리만 있다네. 짐을 진 큰 에고의 짐승에게는 자리가 없다네."

어떻게 하면 낙타가 바늘귀로 들어가도록 살을 뺄 수 있겠습니까? 습관을 잘라내고, 행해야 합니다. 그리고 불가능을 가능케 하고, 인간의 의지를 잠재우고, 장님의 눈을 뜨게 하는 '그 사람'의 도움이 있어야 합니다.

'날마다 그 사람이 뭔가를 한다.'

이것을 당신의 주문으로 만드십시오.

날마다 신은 세 가지 강한 에너지를 보냅니다.

하나는, 아버지의 정자가 어머니에게로 가서 성장이 시작되는 것이요.

둘은, 대지의 자궁에서 탄생이 있어 남자와 여자가 존재로 자라는 것이요.

셋은, 수면에서 올라와 죽음을 넘어선 곳으로 치달아, 창조의 아름다움을 알게 되는 것입니다.

이것을 설명할 길은 없습니다.

하나의 실이 된 그 두 친구 얘기로 다시 돌아갑니다.

그들의 말

BE

B와 E는 주체와 객체가 하나로 묶여서 합쳐진 것입니다.

두 날을 가진 가위가 하나의 절단을 만듭니다.

두 사람이 빨래를 합니다.

한 사람은 마른 옷을 적시고, 다른 한 사람은 젖은 옷을 말립니다. 두 사람은 서로를 훼방놓고 있는 것 같지만, 그들의 일은 완벽한 조화 속에 있습니다.

모든 성스러운 사람들이 제각기 다른 가르침과 수행을 말하는 것 같지만, 실제로는 모두 똑같은 말입니다.

물레방아를 지키는 사람이 잠들더라도 상관하지 마십시오. 방아는 계속 돌아갑니다.

산에서 내려온 물이 물레방아를 계속 돌리고, 잠이 든 사람도 빵을 얻게 될 것입니다.

소리 없이 늘 새로운 것이 땅 밑에서 움직입니다.

언어의 근원에는 글자가 없습니다.

그곳은 넓게 트인 곳입니다.

우리가 지금 있는 곳은 그곳에서 유래한 좁은 환상입니다.

저 밖의 세상은 실제로 더 좁습니다.

좁음은 고통입니다. 좁음의 원인은 많음입니다.

창조는 한마디입니다. BE

두 글자의 한 말. BE

이것을 기억하고 따르십시오.

이 소리의 의미와 그 공명은 하나입니다.

이것을 설명할 길은 없습니다.

수많은 단어들이 있지만….

그런데 옛날 옛적에 사자와 늑대가 싸우고 있었는데….

당신은 자유로운 물고기

한적하게 숨어서 쉴 곳을 찾아 세상을 떠돌지 마십시오.
어느 굴 속이나 맹수들이 살고 있는 법.
쥐와 산다 해도 고양이의 발톱이 당신을 찾아낼 것입니다.
진실의 쉼터는 신과 홀로 마주하고 있을 때만 찾아옵니다.

당신은 미지의 곳에서 왔습니다.
그곳에서 사십시오.
비록 여기에 당신이 주소를 두고 있을지라도.

이것이 당신이 두 가지 방식으로 사물을 보는 이유입니다.
때로 당신은 사람을 보고, 차가운 뱀을 봅니다.
하지만 어떤 이는 즐거운 연인을 봅니다.
둘 다 옳습니다!
사람은 모두 절망의 검은 도끼와 사랑의 흰 도끼를 반반

씩 가지고 있습니다.

요셉은 그의 형제들에게는 가장 추하게 보였지만 그의 아버지에게는 가장 잘난 아들이었습니다.

미지의 곳으로부터
당신의 눈은 거리를 잽니다.
그리고 높고 낮음을.

당신은 두 곳에 가게를 가지고 있습니다.
하나는 앞에, 하나는 뒤에
이 두 가게를 앞뒤에 두고 경영합니다.

공포의 함정으로 그것들을 몰아가십시오.
그리고 그 함정의 입구를 점점 좁게 만드십시오.
이렇게 단수를 치고, 또 저렇게 외통수를 치면서.

더 이상 낚시바늘을 팔지 않는 곳에다 가게문을 여시기를.
당신은 자유로운 물고기!

서로를 닮은 아름다운 치길 족처럼

한밤중에, 나는 소리칩니다.

"내 사랑 안에 누가 살고 있나요?"

당신은 말합니다.

"나예요. 하지만 나 혼자가 아니지요. 그런데 왜 이런 환상들이 나와 함께 있는 걸까요?"

나는 말합니다.

"그것들은 당신의 거울입니다. 서로를 닮은 아름다운 치길 족처럼."

나는 또 말합니다.

"하지만 이 또 다른 살아있는 존재는 누구인가요?"

"그것은 상처 입은 나의 영혼."

나는 그 영혼을 당신에게 귀양을 보냈었습니다.

"이 존재는 위험합니다."

나는 말합니다.

"그를 잘 감시하세요."

당신은 윙크를 하며 나에게 가느다란 실의 한 쪽 끝을 건넵니다.

"팽팽하게 당기십시오. 끊어지면 안 됩니다."

나는 당신을 만지고자 손을 내밉니다. 당신은 내 손을 뿌리칩니다.

"왜 나를 거칠게 대하는 건가요?"

"좋은 뜻으로 그랬습니다. 당신을 멀리하려는 것은 절대 아닙니다. '나예요' 하면서 이곳에 들어오려는 자는 뺨을 맞아야 합니다. 여기는 마구간이 아닙니다. 이곳은 따로 떨어져 있는 그런 곳이 아닙니다. 여기는 사랑의 신전입니다. 눈을 씻고, 사랑으로 사랑을 다시 보십시오."

당신은 말합니다.

"문 앞에 서 있는 사람은 누구입니까?"

나는 말합니다.

"당신의 노예입니다."

당신은 말합니다.

"무얼 위해 그렇게 서 있는 건가요?"

"당신을 뵙고 경의를 표하기 위해서."

"거기서 언제까지 기다릴 참인가요?"

"당신의 부름이 있을 때까지."

"얼마나 오랫동안 서 있을 건가요?"

"부활할 때까지."

우리는 문을 통해 말을 했습니다.

나는 위대한 사랑을 구했습니다.

(그 사랑 안에 세상은 존재했고, 나는 그 사랑을 포기했었습니다)

당신은 말합니다.

"그런 요구는 증거가 필요합니다."

나는 말합니다.

"이 욕망과 눈물."

당신은 말합니다.

"의심스러운 증거입니다!"

나는 말합니다.

"결코 아닙니다."

당신은 말합니다.

"누구와 함께 왔습니까?"

"당신이 준 장엄한 상상과 함께 왔습니다."

"당신은 왜 오셨습니까?"

"바람에 실린 당신의 포도주 향기 때문에."

"당신의 목적은?"

"우정입니다."

"나에게 무엇을 바랍니까?"

"은총."

그러자 당신은 묻습니다.

"어디에 있을 때 가장 편안합니까?"

"궁전에 있을 때 입니다."

"거기서 무얼 보았나요?"

"놀라운 것들을 보았습니다."

"그런데 왜 그곳의 풍경은 쓸쓸하지요?"

"한순간에 모든 것이 사라지기 때문이지요."

"무엇이 그렇게 할 수 있나요?"

"맑은 통찰입니다."

"그럼 당신이 안전하게 살 수 있는 곳은 어디입니까?"

"복종 안에서."

"그 복종이란 무엇인가요?"

"우리를 구하는 평화이지요."

"그곳에는 재앙의 조짐이 없습니까?"

"오직 당신과의 관계와 당신의 사랑만이 있습니다."

"그곳에서 당신은 어떻게 지냅니까?"
"완전하게."

이제 그만. 이 대화를 계속하면, 청중들이 모두 떠나 버릴지도 모릅니다. 그곳에는 문도, 지붕도, 창문도 없으리….

눈에 보이지 않는 사랑

왜 당신의 영혼의 거울이 흐릿하게 보이는지 아십니까?
때가 묻은 탓입니다. 그 때를 닦아내야 합니다.
여기 영혼의 거울에 대한 이야기가 있습니다.

옛날에 두 나라를 동시에 다스리는 힘센 왕이 있었습니다.

하나는 눈에 보이는 나라였으며, 또 다른 하나는 눈에 보이지 않는 영혼의 나라였습니다.

하루는 말을 타고 사냥을 나갔다가, 왕은 너무도 아름다운 소녀를 보았습니다. 관습대로 왕은 소녀의 가족에게 후한 지참금을 주고, 그녀를 궁궐의 하녀로 데려가도 되겠느냐고 부탁했습니다.

그는 사랑에 빠진 것이었습니다. 그의 가슴은 처음 새장에 갇힌 새처럼 떨리고 마구 뛰었습니다. 하지만 소녀는 궁궐에 오자마자 병이 들었습니다.

왕은 당나귀 주인과 같은 신세.

짐을 실을 안장도 없는 당나귀….

안장을 구하자, 늑대에게 당나귀를 잡아먹힌 당나귀 주인.

물 단지는 있지만 물이 없는 왕.

물을 찾았더니 이번엔 물 단지를 떨어뜨려 깨먹었네.

왕은 의사들을 불러모았습니다.

"너희들의 손에 나의 두 생명이 달려 있다. 그녀의 생명은 나의 생명이다. 그녀의 병을 고치는 자는 내가 가진 보물 중 가장 귀한 것을 받게 될 것이다. 진주가 박힌 산호건, 그 무엇이건!"

"할 수 있는 최선을 다하겠습니다. 저희는 모두 죽은 사람도 살린다는 소리를 듣는 유명한 의사들입니다. 치료법을 찾아낼 수 있습니다."

의사들은 자신들의 자만심에 차서 '인샬라(신의 뜻대로)'라고 기도하는 것을 무시했습니다. 물론 단지 '인샬라'라고 말하는 것만으로 변화가 생기는 것은 아니지만.

그러나 태만 속에서는 차갑게 닫혀진 재능만이 움직입니다.

많은 사람들이 '인샬라'라고 말하는 것을 잊고 지냅니다.

하지만 '인샬라'는 늘 우리의 영혼을 깊이 울립니다.

의사들이 치료를 시작했지만, 온갖 노력을 기울여도 소녀는 더욱 창백해지고 야위어 갔습니다. 그들이 처방하는 약은 오히려 기대와는 정반대의 효과를 냈습니다.

포도식초와 꿀을 섞어 먹이면 신물이 나오고, 아몬드 오일은 되려 건조함을 더하고, 마이로바렌을 달여 먹이면 내장은 더 오그라들었습니다. 물을 먹이면 오히려 열이 올랐습니다.

왕은 의사들의 치료가 소용이 없음을 알았습니다. 그는 맨발로 사원으로 달려갔습니다. 무릎을 꿇었습니다. 눈물이 바닥을 적셨습니다. 가슴이 무너지는 고통이 지나고, 왕은 기도를 시작했습니다.

"당신은 여기 무엇이 감춰져 있는지 아십니다. 저는 어찌해야 할지 모르겠습니다.

당신은 이렇게 말씀하셨습니다. '비록 모든 비밀을 알더라도 행하지 않으면 소용이 없다.'라고."

왕은 큰소리로 소리치며 도움을 구했습니다. 은총의 바다가 엄습했습니다. 왕은 기도 중에 울다 지쳐 잠이 들었습니다. 꿈속에서 한 노인이 나타났습니다.

"착한 왕이여, 좋은 소식이 있소. 내일 이방인 한 사람이 올 것이오. 그는 내가 보내는 사람이라오. 당신이 믿어도 좋은 의사이니, 그의 말을 따르시오."

새벽이 오고, 왕은 지붕 위 망루에 올라앉았습니다. 정말 누군가 오는 것이 보였습니다. 새벽처럼… 왕은 그 손님을 맞으러 달려 내려갔습니다. 마치 바늘과 실처럼, 두 사람의 영혼은 하나로 묶여졌습니다. 바느질 솔기도 없이….

왕은 말했습니다.

"당신은 내가 기다리던 님! 지금 나는 당신을 통해 뭔가를 해야 한다오. 내가 어찌하면 좋겠소?"

우리는 항상 가르침을 구해야 합니다. 자신을 제어하지 못하는 사람은 은총을 알 수 없습니다. 이런 사람이 상처를 주는 것은 자기 자신만이 아닙니다. 가르침을 받지 못한 사람은 대지에 불을 지릅니다.
하늘에서 모세와 그의 백성을 위해, 양식이 가득한 식탁이 내려오자 군중들 속에서 갑자기 이런 목소리가 들렸습니다.
"마늘은 어디 있지? 그리고 콩도 필요한데 말이야."
그러자 한순간 은총을 담은 빵과 접시들은 사라졌습니다.
다시 사람들은 괭이로 땅을 파고 큰 낫으로 계속 일을 해야만 했습니다.

하지만 예수가 중재하여 다른 양식을 보냈습니다. 그래도 또 다시 사람들은 아무 경의를 표하지 않고 무례를 저질렀습니다. 예수는 "양식들은 떨어지지 않을 것이다. 늘 이렇게 있을 것이다."라고 말을 해도, 만족하지 못하고 불평을 해댔습니다.

그런 최악의 오만 중에 도착한 주인님을 의심하고 과욕을 부리는 것! 문은 닫혔습니다.

신이 주신 힘을 자제하십시오. 그러면 비구름은 만들어지지 않습니다.

섹스가 밤낮으로 사람들에게 만연하면 온갖 돌림병이 돕니다.

음침한 기운이 느껴지는 것은 당신의 기도가 이루어지지 않았기 때문입니다.

불손과 무학無學은 당신의 영혼의 빛을 앗아갑니다.

왕은 팔을 벌려 그 성스러운 의사를 안았습니다. 왕은 그의 손과 이마에 키스를 하고 여행이 편안했는지 물었습니다. 그리고 꿈에 일러준 이 존재에게 깊은 경의를 표했습니다. 왕은 그 사람을 식탁의 높은 자리에 모셨습니다.

"마침내 저의 인내심이 당신을 모시고 왔습니다. 어떤 물음에도 답을 하는 얼굴을 가진 이여! 바라만 보아도 모든 의문이 풀리는 듯합니다. 당신은 내 안의 것을 해석합니다. 당신이 이대로 사라진다면 이 큰 방이 저 옷장처럼 오그라들 것입니다. 우리를 굽어살피소서."

그들은 대화를 나누고 마음의 양식을 나누었습니다. 그리고 왕은 그 의사의 손을 이끌고 소녀가 누워있는 곳을 안내했습니다. 소녀의 병에 관한 지난 이야기를 해 주었습니다. 의사는 소녀의 맥을 짚어보고 안색과 소변의 색을 살펴 보았습니다.

"당신의 의사들은 별 도움을 주지 못한 것 같습니다. 그들은 오히려 병을 악화시켰습니다. 이 여인의 마음속을 들여다보지 못했기 때문입니다."

소녀를 고통스럽게 만드는 비밀이 이 의사에게 전달되었습니다. 하지만 의사는 왕에게 말을 하지 않았습니다. 그 고통의 원인은 사랑이었습니다.

사랑의 병은 모두에게 다르게 나타납니다.
사랑의 천구天球는 신의 신비를 향한 눈입니다.
대지에 대한 사랑, 영혼에 대한 사랑… 그 어떤 사랑도 저편의 무언가를 갈망합니다.
어떤 설명을 더 하더라도 사랑은 그 답이 모호할 뿐!
때로 어떤 설명은 명료해 보이기도 합니다. 하지만 사랑이 함께할 때는 침묵이 더 명료합니다.
연필로 무언가를 써내려 가다 사랑을 만나면 연필심은 부러집니다.

사랑을 자세히 설명하고 싶으면, 당신의 뇌를 꺼내 진흙 속에 내려놓으십시오.
아시다시피 뇌는 전혀 도움이 되지 않습니다.

당신은 태양의 존재를 증명하고자 애쓰면서 밤새 논쟁을 합니다.
마침내 해가 뜨자 잠이 듭니다.

보라! 태양처럼 이 세상에 모든 것은 분명합니다.
영혼의 태양은 더욱더 그렇습니다. 어제는 없습니다!
세상의 태양은 하나입니다. 아울러 그것을 다른 것으로 본뜰 수도 없습니다.
영혼의 태양은 비교될 만한 것이 없습니다. 모방은 이것을 담을 수 없습니다.
'태양', '샴스', '온다'… 말은 모두 가려져 있습니다.
옆에서 후삼이 내 팔을 잡습니다.
샴스에 대해 뭔가 얘기를 더 해달라고 조릅니다.
"지금은 아니네. 후삼!
어떤 생각, 어떤 기도를 통해야 할지 모르겠네.

그 친구… 말해질 수 있는 것이 없다네.
날 그냥 '여기' 있도록 해 주게."

후삼이 계속 조릅니다.

"날 좀 배부르게 해주게! 어서! 시간이 이렇게 곤두박질치고 있지 않은가. 수피는 이 순간 어린아이가 된다네. 자네도 수피인가? 그럼 '내일', '나중' 이런 말은 하지 말게나!"

내가 대답합니다.

"그 친구는 그냥 감춰두는 것이 좋겠네. 사람들 입에서 오르내리는 연인들의 언저리쯤에 그 신비를 놓아두자는 말일세."

"아니! 나는 있는 그대로의 벌거벗겨진 진실을 듣고 싶네. 나는 님과 있을 때는 아무것도 입지 않는다네."

"오, 후삼. 그 친구가 완전히 벌거벗고 자네를 찾아온다면, 자네의 심장은 버텨낼 수도 없을 것이네. 자네의 몸은 아마 여기 이렇게 서 있을 수도 없을 것이네. 자네가 원하는 것을 묻게. 하지만 적당한 울타리 안에서만 가능하다네. 작은 막대는 산을 버틸 수 없다네. 존재를 존재하게 하는 그 내부의 태양이 조금만이라도 가까이 다가오면, 모든 것이 타 버린다네. 그러지 말게. 타브리즈의 샴에 대해서는 그만 말하게나."

끝이 없습니다.

다시 처음으로 돌아가지요. 왕과 상사병에 걸린 소녀와 그 성스러운 의사의 이야기의 끝으로.

의사는 말했습니다.

"소녀와 단둘이 있게 해 주시오."

둘만이 남게 되자, 의사는 조용히 물었습니다.

"고향은 어디인가? 그곳에는 누가 살고 있는가? 거기서 친하게 지내던 다른 친구는 없는가?"

조금씩 조금씩 그는 그녀의 삶에 대해 부드럽게 물었습니다.

누군가 맨발로 가시를 밟으면, 그 사람은 곧바로 발을 들어 발에 박힌 가시를 찾을 것입니다. 그래도 가시 끝은 찾아내지 못하면 침을 바릅니다.

가시의 파편은 때로 뽑아내기가 무척 어렵습니다. 가슴에 꽂힌 가시는 얼마나 더 어렵겠습니까! 모두가 자신 속에

박혀 있는 가시를 스스로 찾아낸다면 세상은 얼마나 평화로운 곳이 되겠습니까!

당나귀 꼬리에 붙은 가시 풀을 떼어내면, 당나귀는 영문도 모른 채 그저 겅중겅중 뛰어다닐 것입니다. 지혜롭게, 가시를 빼는 의사는 찬찬히 살펴봐야 합니다.

그렇게 그 성스러운 의사는 그녀의 친구들에 대해 물으며 그녀의 맥을 짚었습니다.

소녀는 그녀의 고향집과 고향사람들에 대해 많은 이야기를 했습니다.

의사는 그녀의 친구들의 이름을 다시 물으며 그때마다 맥을 짚곤 했습니다.

마침내 의사가 물었습니다.

"다른 마을에 놀러가고 싶다면, 어디가 제일 가고 싶은가?"

소녀는 두 마을의 이름을 댔습니다. 빵을 사러 갔던 곳과 소금을 사러 갔던 곳….

소녀는 의사가 '사마르칸드'라는 이름을 꺼낼 때까지, 그저 마을들과 집들에 대해 이야기했습니다.

사마르칸드! 사탕처럼 달콤한 마을! 소녀의 볼이 붉어집니다.

숨이 막히고… 아, 이 소녀는 사마르칸드의 금 세공사를 사랑하고 있었던 것입니다. 소녀는 그를 너무 그리워했습니다.

"그 세공사가 정확히 어디에 사는가?"

"가타파르 거리의 다리 입구에 삽니다."

"이제 당신을 치료할 수 있겠군요. 마음을 편히 가지십시오. 비가 잔디를 대하듯 그렇게 치료할 터이니. 단, 아무에게도 말하면 안 돼오. 왕에게도 절대로… 가슴속 한가운데 있는 사랑이 그렇게 비밀의 무덤이 되면, 당신이 원하는 것이 속히 이루어질 것이오."

그 안에 담고 있는 그 무엇이 이루어지기 위해서 씨앗은 땅속에 숨어 있어야 합니다.

소녀는 기분이 좋아졌습니다. 그녀는 의사를 믿었습니

다. 의사는 왕을 찾아가서 치료 중에 있었던 일들을 말해 주었습니다.

"구실을 대어, 사마르칸드의 그 금 세공사를 이곳으로 데려와야 할 것 같습니다. 부와 명예를 주겠노라고 유혹하면 될 듯 합니다."

왕의 사자는 의복과 금화를 들고 가서 어렵지 않게 그 세공사가 가족과 집을 떠나도록 설득했습니다. 마침내 세공사가 아라비아 말을 타고 왕과 의사 앞에 당도했습니다.

"그 소녀를 이 사람과 결혼시키십시오. 그러면 소녀의 병은 완전히 나을 것입니다."

그대로 이루어졌습니다. 여섯 달 동안 두 사람은 사랑을 나누며, 서로에 대해 아주 만족해 했습니다. 소녀는 병이 모두 나았고, 완전히 기력을 되찾았습니다.

그러자 의사는 세공사에게 물약을 하나 주었습니다. 그 뒤로 세공사는 병이 들기 시작했습니다. 그의 수려한 얼굴은 퇴색하고, 정력도 감퇴해져 갔습니다. 볼은 푹 패이고, 얼굴은 누렇게 떴습니다.

소녀는 사랑을 멈추었습니다. 물리적인 아름다움에 기인한 사랑은 사랑이 아닙니다.

세공사는 다음과 같은 말을 남기고 죽었습니다.

"이 세상은 산山과 같습니다. 우리가 할 일은 고함을 치는 것입니다. 그러면 메아리가 돌아옵니다."

죽지 않는 '그 사람'을 사랑하십시오.

"그런데 어떻게 그렇게 할 수 있나요?"라고 말하지 마십시오.

너그러운 '그 사람'을 찾는 것은 어렵지 않습니다.

의사는 왜 불쌍한 세공사를 독살했을까요? 그것은 적어도 왕을 위해서 한 짓은 아닙니다. 그것은 키드르가 소년의 목을 벤 것과 같은 신비스러운 이유가 있습니다.

이 의사가 행하는 모든 것은 신의 의지에서 나온 것입니다. 키드르는 배를 침몰시켰습니다. 하지만 그것은 잘못된 일이 아닙니다.

누군가 이 세공사처럼 의사에게 죽임을 당한다면, 그것은 축복입니다. 설사 그렇게 보이지는 않겠지만….
어린아이는 처음 머리를 깎을 때 마구 울어댑니다. 하지만 아이엄마는 울지 않습니다. 이 의사는 커다란 축복에 속한 사람이었습니다. 그는 하나를 빼앗은 후, 백을 돌려줍니다.
그의 행동을 당신 마음대로 판단하지 마십시오.
당신은 그처럼 온전히 진리 안에서 살고 있지 않으니….

말을 타고 바다로 향한 세 왕자

옛날에 하나같이 훌륭한 아들 셋을 둔 왕이 있었습니다. 왕자들은 모두 관대하고 지혜롭고, 때로 불같이 당당했습니다. 어느 날 왕자들은 굳게 타오르는 촛불처럼 아버지 앞에 섰습니다. 그들은 자신들의 자질과 재능을 시험하기 위해 왕국을 떠나 멀리 여행길에 오르려 하고 있었습니다. 안부와 순종의 의미로 왕자들은 아버지 손에 입을 맞추었습니다.

"마음에 이끌리는 대로 어디든 가거라." 왕은 말했습니다.

"그리고 춤을 추며 즐거이 길을 가라. 너희는 보호받을 것이니라. 내가 당부하고 싶은 것은 단 한 가지다. '깨어있음을 앗아가는 성'이라 불리는 곳에는 절대로 가지 말라는 것이다. 그 성 안에는 왕족에게 큰 고난을 일으키는 아름다운 그림이 가득한 화랑이 있느니라. 그곳은 마치 요셉을 함정에 빠뜨리고자 꾸민 주레이카의 방과 같다. 곳곳에 그녀의 그림으로 가득 차, 요셉은 그녀를 쳐다보지 않을 수 없었다. 그러니 그 성에는 가까이 가지 말아라."

옛날이야기가 다 그렇듯이, 왕자들은 그 성을 보자 매료되어 버렸습니다. 아버지의 충고에도 불구하고 그들은 성 안으로 들어갔습니다.

그 성은 육지를 향한 다섯 개의 성문과 바다를 향한 다섯 개의 성문을 갖고 있었습니다.

마치 현상계의 색色과 향香을 향해 우리가 가진 다섯 개의 외부의 인식 작용과 신비를 향해 열려있는 내부의 다섯 인식작용을 상징하듯이….

수천의 그림들이 왕자들을 쉴 새 없이 만들어 지치게 했습니다. 그들은 취한 듯 복도를 돌아다녔습니다. 그러다 세 사람 모두 어느 여인의 초상화 앞에 동시에 멈춰 섰습니다. 왕자들은 맥없이 사랑에 빠졌습니다.

"이것이 아버지가 우리에게 경고한 것이로구나. 마치 폐병환자가 자기는 잘 살고 있노라고 생각하듯이 우리는 우리가 무엇이든 이겨낼 만큼 강하다고 생각했다. 하지만 그렇지가 않구나. 도대체 이 여인은 누구인가?"

어느 지혜로운 한 장로가 비밀을 알려 주었습니다.

"그 여인은 숨겨진 중국의 공주입니다. 중국의 왕이 그녀의 정신을 알 속에 가두어 숨겨 두었습니다. 새들조차도 그녀의 지붕 위를 날아가는 것이 허락되지 않습니다. 아무도 그 안으로 들어가는 길을 알아낼 수 없습니다. 그녀를 꾀어낼 수 없습니다. 그러니 포기하십시오."

한탄스러운 열정에 빠진 동지들… 왕자들은 머리를 마주했습니다. 왕자들 중 제일 큰형이 말했습니다.

"우리는 누군가에게 충고할 때 늘 과감했다. 하지만 지금의 우리 꼴을 보라! 우리는 늘 '인내심이 열쇠다.'라고 말했다. 우리가 다른 이에게 해 주었던 충고가 정작 우리에게는 도움이 되질 않는구나.

우리는 말했다. '웃어라!'라고. 그런데 지금 우리는 왜 이리 조용한가? 우리의 용맹은 어디로 갔는가?"

절망 속에, 왕자들은 중국으로 향했습니다. 공주와 하나가 되려는 바람이라기보다는, 그저 공주에게 가까이 가기 위해. 모든 것을 뒤로 한 채 숨겨진 임을 향해 떠났습니다. 중국에 도착한 왕자들은 변장을 하고 궁궐로 들어갈 방법을 찾으려고 갖은 노력을 했습니다.

마침내 큰형이 말했습니다.

"나는 이렇게 기다릴 수만은 없다. 내 님과 떨어져 살아야 한다면 나는 살고 싶지도 않다. 나의 모든 존재를 고동치게 한 나의 님! 배가 가라앉더라도 오리는 신경 쓰지 않는다. 바다 위에 떠 있는 오리발이 배이다. 내 영혼과 육체는 이 보배와 결혼을 했다. 나는 꿈을 꾸지만, 잠을 자고 있지는 않다. 나는 허풍을 떨지만 거짓말을 하는 것은 아니다.

나는 양초! 내 목에 수백 번 칼이 지나가더라도 나는 그저 밝게 타오르리. 내 존재의 건초더미의 양쪽이 모두 잡혔다. 여기에 불을 붙여 밤새 타들어 가도록 해 달라. 아무것도 남지 않게…. 길 위에 서면, 달님이 내가 필요한 빛을 주신다. 나는 왕을 만나 내 소원을 말하겠노라."

동생들은 형을 말리려고 애썼지만, 형은 듣지 않았습니

다. 큰형은 벌떡 일어나더니 중국 왕에게로 한걸음에 달려 갔습니다. 왕은 침묵했지만, 이미 무슨 일이 일어나고 있는지 알고 있었습니다. 왕은 세 형제의 마음 안에 있었습니다. 하지만 그들은 모르는 척했습니다.

주전자 밑의 불꽃은 현상이고, 끓는 물은 실재입니다.
당신의 님이 당신 밖에 어떤 형상으로 존재하는 듯하지만,
사실 그(그녀)는 당신의 몸 안에 있습니다.

왕자는 무릎을 꿇고 앉아 왕의 발에 입을 맞추고 절을 올렸습니다.

"젊은이는 원하는 것이 무엇이건 갖게 될 것이다. 그토록 오랫동안 찾아 헤매던 그 잃어버린 것을 찾게 될 것이고…. 그는 도박 끝에 자신의 의복도 날려버렸다. 환희에 빠져…. 그런 사랑은 수천 벌의 옷을 날릴 만한 가치가 있다. 이 청년은 그런 사랑의 사절이고, 그 임무를 잘 수행하고 있다."

왕자에게 이런 소리가 들렸지만 대답을 할 수 없었습니

다. 하지만 그의 영혼은 줄곧 그 영혼에게 말을 했습니다. 왕자는 생각했습니다.

"이것은 실재다. 이것은 깨어 있다. 이것이 녹는 길이다."

그는 오랫동안 왕 앞에서 머리를 조아린 채로 있었습니다. 귀를 세우고….

"사형 집행은 한 번뿐이다. 하지만 나는 매 순간 거듭거듭 집행 당한다. 재물에는 가난하지만, 희생의 삶은 풍요롭다. 목숨을 하나만 가진 사람은 아무도 사랑의 게임을 할 수 없다."

이런 즐거운 기다림이 왕자를 소모시켰습니다. 님의 형상은 그의 마음을 떠났습니다. 그는 님과 하나가 되었습니다.

"육체의 옷은 부드러운 비단이지만, 이 벌거벗음의 속은 더욱 부드럽다."

이런 주제는 더 말할 게 없습니다. 다음 말은 숨겨 두기로 하지요.

말을 타고 바다로 향한 사람은 바다에 이른 뒤에는 신비한
침묵의 목마가 그를 태워 주어야만 합니다.
그 배가 가라앉으면 당신은 물고기입니다.
침묵도 대화도 아닌… 이름 없음의 경이.

그렇게 큰형은 죽었습니다. 둘째 왕자가 형의 장례를 치르러 왔습니다.

"이건 또 무엇인가? 같은 바다에서 나온 물고기!"

왕은 깊이 바라보았습니다. 왕의 시종이 외쳤습니다.

"한 아버지의 아들, 다음 차례로 죽을 형제…."

그러자 왕이 말했습니다.

"그렇군. 죽은 자가 내게 남긴 유품이로군."

그렇게 다시 애틋한 호의가 내려지고, 왕의 안뜰은 쾌활한 웃음이 석류처럼 갈라졌습니다. 펄럭이는 천막과 매 순간 태어나는 새로운 창조물을 향해 열려 있는 이 우주의 모든 형상들과 함께.

왕자는 책 속에서 이런 계시에 관한 이야기를 본 적이 있

었습니다. 이제는 그 계시가 그 앞에 있습니다. 그는 계속 말했습니다.

"더 주세요. 더 없나요?"

왕의 본성에서 나오는 양식이 왕자를 먹였습니다. 왕자는 한 번도 느껴본 적이 없는 만족감을 느꼈습니다. 그리고 그 속에서 자부심을 느꼈습니다.

"나 역시 왕이 아니던가? 왕의 아들! 왜 이 존재가 나를 조종하는가? 그에게 독립하여 내 가게를 열어야겠다."

왕은 생각했습니다.

"나는 네게 순수한 빛을 주었건만, 너는 내 얼굴에 오물을 던지는구나."

둘째는 문득 자신이 몰래 마음으로 한 짓을 깨달았습니다. 하지만 너무 늦었습니다. 왕자의 기품은 발가벗겨지고 정원에는 더는 공작이 날지 않았습니다. 그는 부엉이처럼 황량하게 배회했습니다. 마치 아담이 에덴을 떠나 쟁기질을 하듯이….

왕자는 자기 자신에게로 돌아와 용서를 구했습니다. 온갖 것에 대한 참회와 잃어버린 합일에서 오는 깊은 고통도 함께….

이 이야기는 이렇게 좀 짧게 고쳐야겠습니다.

일 년 후, 왕은 자신의 베일에서 나왔습니다. 그리고 자신의 화살통에서 화살이 하나 없어진 것을 알았습니다. 둘째 왕자의 주검도 함께. 화살은 목에 관통해 있었습니다.

왕은 울었습니다. 두 죽음과 장례식의 상주. 하지만 모든 것이 잘될 것입니다. 둘째는 자신의 자만심을 날려버린 그 죽음의 눈을 통해 님에게로 깊이 다가갔습니다.

이제 셋째 왕자. 그는 지금까지 병이 들어 있습니다. 그는 공주의 손을 건네받았습니다. 형상과 정신과 결혼을 하여 살고 있습니다. 그리고 그것을 지키려 절대로 아무 짓도 하지 않았습니다.

친구여, 우리는
함께 여행하고 있습니다

한 수피가 세상을 떠돌고 있었습니다. 어느 날 밤, 그는 수피들의 모임에 초대되어 갔습니다. 당나귀를 마구간에 매놓은 그는 모임의 높은 자리에 이끌려 앉았습니다. 그와 그의 친구들은 깊은 명상으로 들어가 신비의 교감을 나누었습니다.

사람들은 이런 현현을 통해 책에서 배우지 못한 것을 배우게 됩니다. 수피의 책은 단순히 잉크와 알파벳의 조합이 아닙니다. 학자들은 펜의 흔적을 사랑하고 그 안에서 삽니다. 그러나 수피는 발자국을 사랑합니다!

그 수피는 그들을 보고 자기만의 게임을 살살 펼칩니다. 처음에 그는 실마리를 찾습니다. 그리고 나서 그는 향기를 좇을 수 있게 됩니다. 향내를 따라 가는 것이 흔적을 좇는 것보다 백 배는 뛰어납니다. 신성을 열고 있는 자는 수피의 문과 같습니다. 다른 이에게는 한갓 돌덩어리에 불과하지만 그에게는 진주입니다.

당신은 거울을 통해 당신의 이미지를 분명히 봅니다. 이슬람의 장로는 버려진 벽돌을 통해 더욱더 분명히 봅니다. 수피 스승들은 세상 이전에 존재했던 정신들입니다. 육체 이전에 그들은 여러 삶을 살았습니다.

씨앗이 땅으로 들어가기 전에, 그들은 밀을 수확했습니다. 바다가 있기 전에, 그들은 진주를 줄줄이 꿰었습니다. 인간을 존재의 고리로 잇는 그 위대한 회합이 진행되는 동안, 그들은 지혜의 물속에서 턱을 높이 세웠습니다.

천사들이 창조를 반대할 때, 수피의 장로들은 웃으며 모여 박수를 쳤습니다. 물질이 있기 전에, 그들은 물질에 갇히는 것이 어떤 것인지 알고 있었습니다. 밤하늘이 있기 전에, 그들은 토성을 보았습니다. 곡식이 있기 전에, 그들은 빵을 먹었습니다. 생각 없이, 그들은 생각합니다.

다른 이에게는 신의 출현으로 보이지만, 그들에게 직관은 의식의 가장 단순한 행동입니다.

우리가 하는 생각의 대부분은 과거나 미래에 관한 것입니다. 그들은 그런 것들에서 자유롭습니다. 광산을 파내기 전에, 그들은 금을 가려냅니다. 포도밭이 있기 전에, 그들은 찾아올 기쁨을 압니다. 그들은 7월에 12월을 느낍니다. 온전한 햇빛 속에서 그들은 그늘을 찾아냅니다.

파나, 모든 것이 사라진 그곳에서 그들은 사물을 감지합니다. 열린 하늘이 그들의 둥근 잔을 통해 마십니다. 태양이 자비의 황금 옷을 걸칩니다.

그들 중 둘이 만나면, 그들은 둘이 아닙니다. 그들은 하나이며 60만입니다. 대양의 파도는 그들을 가장 많이 닮았습니다. 전체로부터 바람이 만든 무수함… 태양은 창문을 지나며 빛살로 부서지고 여러 몸으로 나뉩니다.

둥근 태양이 존재하지만 당신은 그 빛의 몸만을 볼 수 있을 뿐입니다. 당신은 의심합니다.

인간과 신성은 하나로 엮여 있습니다. 복수성複數性! 빛살은 분명히 분리되어 있습니다.

친구여, 우리는 함께 여행하고 있습니다. 지루함을 던져 버리십시오. 당신에게 당신은 표현하기 어려운 아름다운 작은 조각입니다. 나는 곡식창고 속의 개미와 같습니다. 믿을 수 없이 행복한 개미. 너무 큰 낟알을 끌고 나오려 애를 씁니다.

제3장

당신이 어디에 있건,
그는 당신과 함께 있습니다

태양과 루비

해뜨기 전, 이른 아침에 사랑에 빠진 이와 그의 님이 깨어나 물을 한 모금 마십니다.

그녀는 묻습니다.

"당신은 나와 당신 자신 중 누구를 더 사랑하나요? 진실을 말해주세요."

그는 대답합니다.

"내 안에는 아무것도 남은 게 없다오. 나는 태양을 향해 들려진 루비와 같은 존재라오. 이것이 돌이요, 아니면 붉게 변한 세상이오? 루비는 햇빛에 저항하지 않는다오."

이것이 할라즈가 "나는 신이다."라고 말한 그 진실입니다.

루비와 태양은 하나입니다.

용기를 내어 당신 자신을 가르치십시오.

완전히 경청하는 귀가 되십시오.

그리고 이 태양-루비를 귀걸이로 다십시오.

일하십시오. 당신의 우물을 계속 파십시오.

일을 그만 둘 생각은 마십시오.

어디선가 분명 물이 나올 겁니다.

매일매일 수행하십시오.

당신의 그 집념이 문을 울리는 종소리입니다.

계속 두드리십시오.

그러면 끝내 창문이 열리고 안에서 기쁜 소리가 들릴 것입니다.

밖에 누가 왔나 보러 나오는….

내 영혼의 진주

가슴에 손을 얹어 봅니다.

이것은 당신의 가슴입니다.

그리고 지금 당신이 나의 머리를 뒤흔듭니다.

때로 당신은 당신의 낙타 무리 속으로 나를 던져버립니다.

때로 당신은 나를 장군으로 임명하여 군대의 선봉에 세웁니다.

때로 당신은 당신의 입술로 나를 적십니다.

마치 당신의 힘을 심기 직전에 반지에 인장을 새기듯,

때로 당신은 나를 들어 문을 두드립니다.

당신은 피로 정액을 만듭니다.

당신은 정액으로 동물을 창조합니다.

당신은 동물을 지혜를 가진 생명체로 진화시킵니다.

생명은 더 높은 생명으로 계속 이끌려 갑니다.

당신은 피리 소리가 처마의 비둘기를 날려보내듯 나를 부드럽게 몰아갑니다.

그 소리로 당신은 나를 부릅니다.

당신은 나를 온갖 곳으로 여행을 보냅니다.

그리고 꼼짝없이 나를 묶어 세웁니다.

나는 물,

나는 누군가의 옷을 긁어대는 가시.

나는 찬란한 것에는 관심이 없습니다.

나는 그저 당신과 함께 있고 싶을 뿐.

믿음이란 없습니다.

오직 내 안에서 나의 믿음을 접을 때에만 나는 이 아름다움에 빠져듭니다.

나는 당신의 칼을 보았고, 나의 방패는 타 버렸습니다.

나는 가브리엘처럼 600쌍이나 되는 날개로 날아 다녔습니다.

그러나 이제 나는 여기 있습니다. 날개가 무엇에 필요하겠습니까?

낮과 밤으로 나는 내 영혼의 진주를 지켰습니다.
이제 진주처럼 굽이치는 대양 안에서
나는 내가 가던 길을 잃었습니다.

당신을 묘사할 방도가 없습니다.
이제 그만 입을 닫으라고 엄히 말씀하십시오.
나의 소용돌이에 다시 올라 굽이치도록.

나는 곧 진실이며, 신이다

지금 우리가 가지고 있는 이것은 환상이 아닙니다.
이것은 슬픔도 기쁨도 아닙니다.
엄숙함도 용기도 슬픔도 아닙니다.
이런 것들은 그저 왔다가 사라질 뿐입니다.

이것은 오고감이 없는 존재.

새벽입니다. 후삼,
'그 친구' 안의 산호 빛 광채 속에 있군요.
할라즈가 말한 그 단순한 진리 안에….

사람이 바랄 것이 따로 또 무엇이 있겠습니까?
포도가 와인으로 변할 때, 포도는 이것을 바랍니다.
밤하늘이 쏟아질 때, 진실로 굶주린 자들이 모여듭니다.

굶주린 자들은 모두 이것을 바랍니다.

지금 우리가 깃들인 이것!
이것이 세포와 세포를 이어 육체를 만들었습니다.
별이 벌집을 만들 듯.

사람의 몸과 우주는 이것에서 자라납니다.
이것이 몸과 우주에서 자라난 것이 아니라….

할라즈의 강

할라즈는 자신이 말할 바를 말했습니다.

그리고 단두대의 구멍을 통해 근원으로 돌아갔습니다.

나의 머리부터 발끝까지 그의 옷 조각 하나에 잠깁니다.

수년 전, 나는 그의 담장 꼭대기에서 장미 한 다발을 꺾어왔습니다.

그때 박힌 가시가 아직도 내 손바닥에 있습니다. 더욱 깊이 파고들며….

할라즈에게서 나는 사자 사냥법을 배웠습니다.

하지만 나는 사자보다 더 허기가 집니다.

나는 까불거리는 풋내기였습니다.

그는 내 머리에 침묵의 손을 들어 나를 부수었습니다.

한 사람이 벌거벗고 그에게 옵니다.

날은 춥습니다.

강에는 털옷이 떠다닙니다.

"강에 들어가 옷을 건져라."하고 그가 말합니다.

당신은 뛰어듭니다. 털옷까지 헤엄쳐 갑니다.

털옷이 당신에게 헤엄쳐 옵니다.

강 위쪽에서 급류에 휩쓸려 물에 빠진 곰 한 마리가 떠내려옵니다.

"왜 이리 오래 걸리는가!"

할라즈가 강둑에서 소리칩니다.

"기다리지 마세요."

당신은 답합니다.

"이 털옷이 저를 입고 갈 거예요!"

작은 이야기 한 토막. 힌트!

할라즈에 대해 더 얘기해 드릴까요?

연인에게는 충고하지 마십시오!

연인들에게 충고하지 마십시오!

그들은 당신의 댐으로 막을 수 있는 그런 물길이 아닙니다.

공부하는 취한 사람의 기분을 모릅니다.

사랑 안에서 길을 잃은 사람들이 어찌 될지는 상상도 하지 마십시오!

그 연인들이 '무언가-아는-사람'을 행하는 그 방에서 풍기는 포도주의 향내를 한번 들이쉬기만 하면,

어느 자리에 있던지 그 사람은 모든 권세를 포기할 것입니다.

그들 가운데

어떤 이는 산에 구멍을 뚫으려 애를 쓰고,

어떤 이는 학자의 명예에서 자유로워지고,
어떤 이는 위엄 있는 콧수염을 조롱하게 됩니다.

이 아몬드 케이크를 맛보지 못한 삶은 얼어버립니다.
별들은 그 어리둥절한 사랑 안에서 매일 밤 나타나 맴을 돕니다.

그렇지 않으면, 사람들은 그 회전을 지루해 할지도 모릅니다.
사람들은 말합니다.
"우리가 얼마나 오랫동안 이러고 있는 것이지!"

신이 갈대 피리-세상을 들어 노래를 붑니다.
노래 소절마다 우리의 열정과 갈망의 고통이 피리 속을 들고 나와야 합니다.

바람의 숨결이 향하는 곳의 그 입술을 기억하십시오.
그리고 당신의 노래 소절을 깨끗이 하십시오.
노래를 끝내려 하지 마십시오.

노래가 되십시오.

노래가 끝날 때가 되면 내가 알려줄 것입니다.

이 영혼의 도시의 밤에 지붕으로 올라가십시오.

모두 자신들의 지붕에 올라가 자신들의 노래를 부르게 하십시오!

크게 노래를 부르십시오!

즐거움을 흉내 낸 수피

이 이야기는 영적인 삶을 살려는 사람이
다른 이를 모방하는 것이 얼마나 위험한 것인가를 말해줍니다

네 자신 안에서 그 친구를 만나라.
자아를 넘어 분해되도록 하라.
자아의 한계 너머의 소리로 들어가라.

한 방랑자 수피가 아주 가난한 수피들이 사는 곳에 당나귀를 타고 왔습니다. 그는 당나귀에게 먹이와 물을 주었습니다. 그리고 하인에게 당나귀를 맡기고, 안으로 들어갔습니다.

그러자 곧바로, 거기 살고 있는 수피들은 그의 당나귀를 팔아서 잔치에 쓸 음식과 양초를 샀습니다.

수도원의 축제!

아무런 금욕 없이 3일이 훌쩍 지나갔습니다.

당신이 부자이고 배가 부르다면, 가난한 자의 충동적인 행동을 비웃지 마십시오.

그것은 영혼에서 우러나온 행동이 아니라, 궁핍한 필요에서 나온 행동이기 때문입니다.

그 여행자는 향연에 동참했습니다. 모두들 그에게 관심을 표했습니다. 포옹하고, 깊은 인사를 나누며.

세마가 시작되었습니다. 부엌에서 연기가 피어올랐습니다. 춤추는 자의 발로 달아오른 마루에서는 먼지가 피어오르고 그들의 열망에서 기쁨이 피어올랐습니다.

그들의 손은 파도가 되고, 그들의 이마는 연단을 지나 낮게 돌았습니다. 이런 장관을 펼치려고 오랫동안 기다려 왔던 것입니다. 수피들은 늘 그들의 갈망을 채우기 위해 오래 기다려야 합니다. 그래서 수피가 위대한 식자食者인 것입니다!

빛을 양식으로 하는 그 수피는 달랐습니다. 수천 명 중에 오직 한 사람! 하나의 보호 아래 나머지가 사는 법.

세마는 절정을 지나 끝이 났습니다. 시인이 깊은 비탄의 노래를 부르기 시작했습니다.

"당나귀는 갔다네. 아들아. 너의 나귀는 떠났다네."

모두 동참하여 손뼉을 치고 노래를 이어갔습니다.

"당나귀는 갔다네. 아들아. 너의 나귀는 떠났다네."

방문자 수피 또한 어느 누구보다 더욱더 열정적으로 노래를 불렀습니다. 그리고 새벽이 왔습니다. 모두들 인사를 나누고 헤어졌습니다. 연회장은 텅 비고 그는 짐을 들고 나가 하인을 불렀습니다.

"내 당나귀는 어디 있는가?"

"오, 이런!"

"무슨 소리냐?"

"그들이 당나귀를 팔아 어젯밤의 그 성대한 잔치를 벌였습니다."

"왜 내게 와서 이르지 않았느냐?"

"제가 몇 번이나 주인님 옆에 갔지만, 주인님은 계속 큰 소리로 '당나귀는 갔다네…… 당나귀는 갔다네.'하고 노래만 하셨습니다. 그래서 저는 당신이 모든 것을 알고 계신 줄 알았습니다. 주인님이 비밀스러운 신통력을 갖고 계시다고 생각했습니다."

"그랬구나. 일을 저지른 그들의 즐거움을 내가 흉내 내고 있었구나."

친구들의 좋은 빛이 네 안에 투영되더라도 그것이 실현될 때까지 기다려야 합니다.
이 수피의 흉내는 존경을 받으려는 그의 욕심에서 비롯되었습니다. 계속 듣고 또 듣다가 그는 귀가 먹은 것입니다.

기억하십시오.
무언가를 행할 때는 오직 하나의 이유가 있을 뿐입니다.
그 친구와의 만남이 유일한 보상입니다.

촛불 하나만 밝혔다면

인도 사람들이 코끼리 쇼를 하고 있었습니다. 그곳에 모여든 사람들은 한번도 코끼리를 본 적이 없었습니다. 인도인들은 한밤중에 코끼리를 어두운 방에 데려다 놓았습니다.

그리고 사람들이 한 명씩 그 어둠 속에 들어갔다 나왔습니다. 그러고는 자신들이 경험한 그 짐승에 대한 이야기를 했습니다.

한 사람은 몸통을 만지고 나왔습니다.

"큰 물통 같이 생긴 짐승이군!"

다른 이는 귀를 만지고 나왔습니다.

"아주 억센 것이, 앞으로 뒤로 계속 펄럭이는 것이, 꼭 큰 부채 같은 짐승이야."

또 다른 이는 다리.

"내가 제대로 보고 왔지! 사원의 기둥 같은 동물이야."

한 사람은 코끼리의 굽은 등을 만졌습니다.
"가죽으로 만든 커다란 왕의 의자!"

마지막으로 가장 꾀가 많은 이는 코끼리의 어금니를 만졌습니다.
"조개껍질로 만든 크고 둥근 칼!"
그는 자신의 표현에 만족했습니다.

우리 모두는 저마다 어떤 한 부분을 만져보고는 그 방식대로 전체를 이해합니다.
어둠 속의 손바닥과 손가락이 코끼리의 실체를 탐구하는 유일한 감각인 것입니다.
그들 가운데 누구라도 그 자리에 촛불 하나만 밝혔다면 모두 보았을텐데 말입니다.

진정한 믿음

예전에 오랜 가뭄이 든 적이 있었습니다. 곡식들은 말라 죽고, 포도덩굴의 잎은 검게 변했습니다. 사람들은 뭍에 던져진 물고기처럼 숨을 헐떡이다가 죽어갔습니다. 그런데 그 와중에 한 남자가 연신 미소를 띠고 다녔습니다. 사람들이 몰려와 그에게 물었습니다.

"당신은 왜 웃고 다니시오. 이런 고난에 동정이 가지도 않으시오?"

그는 대답했습니다.

"당신들에게는 이것이 가뭄으로 보이겠지만, 나에게는 신의 기쁨 중에 하나로 보입니다. 이 사막 어디에서나 나는 높이 자란 푸른 옥수수를 봅니다. 부추보다 더 푸르고, 바다처럼 싱싱한 젊은 옥수수 낟알들…. 나는 그것들에 손이 갑니다. 어찌 그렇지 않을 수 있겠습니까?

당신과 당신 친구들은 피처럼 붉은 홍해에 빠진 파라오

와 같습니다. 모세의 친구가 되십시오. 그러면 이 쪽 강가를 보게 될 것입니다."

당신의 아버지가 부당한 일을 저질렀다고 생각하면, 아버지의 얼굴이 죄인처럼 보일 것입니다. 요셉은 그 시기심 많은 형제들에게 위험하게 보였습니다. 당신이 당신의 아버지와 평화롭게 지낸다면, 아버지는 평화롭고 다정하게 보일 것입니다.

이 세상의 모든 것은 진리의 모습을 담고 있습니다.

누군가 어떤 것에 고마움을 느끼지 못한다면, 그것은 그가 느끼는 대로 나타납니다. 그것이 그의 거울이고, 그의 탐욕이고, 그의 두려움입니다. 우주와 더불어 평화로우시길. 그 안에서 기쁨을 누리십시오. 그러면 그것은 황금으로 변합니다. 부활하는 것입니다.

매 순간, 새로운 아름다움으로.

결코 지루해하지 마십시오! 이런 권태로운 풍요 대신, 당신의 곡식들에게 온갖 봄의 향기를 부어주세요.

신비의 생명이 무엇인지를 깨달은 사람에게는 나뭇가지들이 사람처럼 춤을 춰 보입니다.

나뭇잎들이 음악을 듣듯이 손가락을 모두 펼칩니다.

나뭇잎들! 그들에 덮여 가려졌던 그 밑바닥에서부터 쪼개진 거울 사이로 빛이 터져 나옵니다. 삼라만상이 바람과 태양 아래 열리면 그 도리를 알게 될 것이나니.

당신에게 말하지 않는 신비가 있습니다. 도처에 의심 많은 사람들이 있습니다. 그들은 이런저런 주장들을 펼쳐댑니다.

"당신의 주장은 미래에는 진실일 수 있으나, 지금은 아니오."

그러나 내가 보는 우주의 진리는 말합니다.

"이것은 예언이 아닙니다. 이것은 이 순간에 여기에 있습니다. 당신의 손에 든 금화처럼!"

우자이르의 아들들 얘기가 생각납니다. 아버지를 찾으러 거리로 나선 아들들. 그들은 늙어가고 있는데, 아버지는 기적처럼 젊어지고 있었습니다.

아들들은 아버지를 만나 물었습니다.

"실례합니다. 혹시 우자이르 씨를 본 적이 있나요? 오늘이 길을 따라 갔다고 하는데….

"예."

우자이르는 말했습니다.

"그는 바로 제 뒤에 있습니다."

한 아들이 말했습니다.

"그거 좋은 소식이군!"

다른 아들은 땅에 엎드렸습니다. 그는 아버지를 알아 본 것입니다.

"좋은 소식이라니? 우리는 이미 그 다정한 존재 안에 머무르고 있다네."

당신의 두뇌에게는 그런 것이 '소식'이겠지만, 내부의 지혜에게는 모든 것이 사건의 한 가운데에 있습니다. 의심하는 이에게는 이것은 고통이지만, 믿는 이에게는 복음입니다.

님을 그리는 이와 꿈을 꾸는 이에게 이것은 살아 숨쉬는 생명입니다. 진정한 믿음은 문과 문지기의 관계와 같습니다. 서로 방해하는 중에도 존재를 지킵니다. 그렇지 못한 믿음은 과일의 껍질과 같습니다. 메마르고 씁니다. 자기의 중심에서 얼굴을 돌리고 있기 때문입니다.

진정한 믿음은 껍질의 안쪽과 같습니다. 촉촉하고 달콤합니다. 껍질이 있는 자리는 불꽃이 튑니다. 진짜 과일의 알맹이는 단맛과 쓴맛 너머에 있습니다. 그것이 '맛'의 근원입니다.

이것은 말해질 수 없습니다. 나는 그 안에 잠깁니다!
돌아서십시오! 모세처럼 물을 갈라 길을 내겠습니다.
이것이 내가 말할 전부입니다. 나머지는 숨겨두겠습니다:
저의 지성은 조각나 있습니다. 가루가 되어버린 황금처럼.
당신은 그것들을 모아 빛을 내야 합니다.
그래야 왕의 인장이 당신 위에 찍힐 수 있습니다.

끌어모으십시오. 당신은 번창한 사마르칸드와 다마스쿠스의 시장市場처럼 사랑스러워질 것입니다.
알곡을 하나하나 모으십시오.
당신은 동전 따위보다 훨씬 장엄해질 것입니다.
당신은 왕이 새겨진 술잔이 될 것입니다.

'그 친구'는 당신에게 빵이 되고 샘물이 될 것입니다.

등불이 되고 조력자가 될 것입니다. 당신이 가장 좋아하는 디저트가 되고 한 잔의 와인이 될 것입니다.

그 하나와 함께하는 것은 은총입니다.

부스러기를 모으십시오. 그러면 내가 그것이 무엇인지 보여주겠습니다.

내가 말하고자 하는 것은, '스스로를 돕는 것은 그 하나가 전체가 된다.'는 것입니다. 사람은 60가지가 되는 감정을 가지고 있습니다만, 그 모두를 합하면 평화이고 침묵입니다. 나도 내가 침묵해야 함을 알고 있습니다. 하지만 이렇게 입을 열고 있는 것은 재채기나 하품처럼 짜릿합니다.

마호메트는 말합니다.

"나는 하루에 70번 용서를 구한다."

나도 그렇습니다. 나를 용서하시길…. 나의 수다를 용서하시길. 하지만 신이 만든 신비의 길이 증명해 줍니다.

내 안에서 쉼 없이 흘러나오는 말에 생기를 불어넣어 주며.

한 사람이 잠을 자고 있습니다. 자기 이불이 강물에 젖는 것도 모른 채…. 그는 꿈속에서 신기루 같은 물을 찾아 뛰어다니는 꿈을 꿉니다.

"물! 저기! 저기 있다."

그렇습니다. 그것은 '저기!'에 있습니다.

그것이 그를 잠 속에 있게 합니다. '미래에, 저 멀리'

그런 것들은 환상일 뿐입니다.

'여기'를 맛 보라. 신은 '지금'에 있습니다.

현재의 갈증이 당신의 참 지성입니다.

이리저리 끌고 다니는 변덕스러운 재치가 아닙니다.

산만함은 죽어 무덤 속으로 들어갑니다.

관조하는 기쁨은 힘이 없습니다.

학자들의 지식은 머리를 어지럽게 합니다. 그 맥빠진 명성하며….

그저 귀를 기울이는 것이 백 번 낫습니다.

스승이 되려는 마음에는 갈망이 담겨 있습니다. 번개의 섬광 같은….

번개의 섬광을 타고 옥서스 강 너머 와크쉬까지 갈 수 있겠습니까?

번개는 안내자가 아닙니다.

번개는 구름의 울음일 뿐입니다.

우십시오. 울며, 참 삶을 갈망할 때 마음의 섬광은 찾아옵니다.

아이의 지성은 말합니다.

"나는 학교에 가야 해."

그런 지성은 스스로를 가르칠 수 없습니다.

병자의 마음은, "의사에게로."

그런 마음은 환자를 고칠 수 없습니다.

악마 몇이 모여 살금살금 천국으로 기어갔습니다. 뭔가 비밀을 캐내기 위해서….

그때 소리가 들렸습니다.

"여기서 나가라. 저 세상으로 가서 선지자의 말을 들어라!"

문을 통해 집으로 들어가십시오. 그리 긴 길이 아닙니다. 당신은 텅 빈 갈대입니다. 하지만 다시 사탕수수가 될 수 있습니다. 안내자의 말에 귀를 기울이기만 하면….

가브리엘의 말발굽에서 날려온 한 줌의 먼지가 황금 송아지에게 뿌려집니다. 송아지가 웁니다! 이것이 그 안내자가 당신에게 하는 바입니다. 당신을 살아나게 합니다.

그 안내자는 당신이 키운 수지니의 눈가리개를 벗깁니다.

사랑이란 수지니. 당신의 왕.

이렇게 수행해 나가십시오. 결코 이렇게 말하지도 생각하지도 마십시오.

"내가 누구누구였으면 좋았을 텐데…."

그것은 사탄의 생각입니다.

나무가 평화로운 그늘을 드리워주는 그 정신 안에서 잠드십시오.

그리고 절대로 그 초록 위로 머리를 쳐들지 마십시오.

두 종류의 지혜

지혜에는 두 종류가 있습니다.

그 하나는 후천적인 것입니다.

아이들은 학교에 가서 사실과 관념을 책에서 보고 익히고, 선생님의 말을 듣고 따라 합니다.

새로운 학문과 전통의 학문에서 정보를 모읍니다.

이런 지혜로 세상에 자리를 잡습니다.

그리고 정보를 다루는 능력에 따라 다른 사람의 위에 서거나 혹은 아래 등급으로 분류됩니다.

당신은 이런저런 지식을 들락날락하며 어슬렁거립니다.

간판을 보존하기 위해 늘 모으고 또 모읍니다.

여기 다른 간판이 하나 있습니다.

그 간판은 당신 안에 이미 온전하게 완성되어, 간직되어 왔습니다.

스프링이 상자 안에서 튕겨 나오듯, 그 가슴 한가운데의 신선함.

이 지혜는 누렇게 변하거나 정체되지도 않습니다.

그것은 또한 흐름이지만, 배움의 도랑을 타고 안과 밖으로 들락거리지도 않습니다.

이 두 번째 지혜가 당신 안에 있는 당신으로부터 굽이쳐 나오는 수원水源입니다.

한 방울의 물이 바다에 떨어지면

이런 시장을 또 어디서 찾을 수 있겠습니까?
한 송이 장미로 수백 개의 장미 정원을 살 수 있는 곳.
한 알의 씨앗으로 모든 자연의 열매를 얻을 수 있는 곳.
연약한 숨소리로 신성한 바람을 구할 수 있는 곳.

당신은 두려워했습니다.
땅에 묻히는 것을.
바람에 잠기는 것을.

지금, 당신이라는 물방울이 바다로 가서 떨어집니다.
본래의 그곳으로.
더 이상 방울의 모습은 아니지만 그러나 여전히 물입니다.

본질은 같습니다.

이런 포기를 후회하지 마십시오.
당신을 영원히 명예롭게 합니다.

큰 바다가 당신에게 연인이 되어 다가오면 결혼하십시오. 곧, 재빠르게….
신의 뜻대로!

미루지 마십시오!
존재보다 더한 선물은 없습니다.
아무리 찾아 헤매도 그 이상은 없습니다.

완벽한 수지니가 그냥, 당신의 어깨 위에 앉습니다.
당신의 것이 됩니다.

당신의 지혜는

당신의 지혜는 늘 당신과 함께하고 있습니다.

당신이 느끼지 못하더라도 지혜는 당신의 몸을 지키고 있습니다.

건강을 해치는 일을 하려고 하면, 당신의 지혜는 반드시 당신을 꾸짖습니다.

다정스럽다고 할 수는 없지만 끊임없이 지켜봅니다.

그러니 어찌 지혜를 비난하겠습니까.

당신과 당신의 지혜는 천문의天文儀 같은 아름다움과 정교함을 지니고 있습니다.

함께, 존재가 태양에 얼마나 가까이 다가갔는지를 계산하십시오!

당신의 지혜는 기묘하게 그 자리를 잡고 있습니다.

앞도 아니고 뒤도 아닙니다.

왼쪽도 아니고 오른쪽도 아닙니다.

친구여, 이제 당신의 지혜의 창조자가 얼마나 가까이 있는지 말해보십시오!

지적인 탐구는 그 왕에게 가는 길을 찾지 못합니다.

손가락이 움직이는 것과 손가락은 별개의 것이 아닙니다.

잠드십시오. 아니면 죽거나.

거기에 지적인 움직임은 없습니다.

그리고 깨어나십시오.

그러면 당신의 손가락들이 의미들로 가득 찰 것입니다.

이제 당신 눈 속의 보석의 빛들을 보십시오.

그것들이 어떻게 움직입니까?

이 보이는 우주는 온갖 날씨와 변화를 가지고 있습니다.

하지만, 오! 창조의 세계.

신성은 '있음'입니다.

풍요로운 그 우주는 말할 수 있는 것 그 너머에 있습니다.

지혜보다 더 지혜롭고,

정신보다 더 정신적인.

모든 존재는 그 실재와 연결되어 있습니다.

그 연결은 표현할 수도 없습니다.

'그곳', 그곳에는 분리도 회복도 없습니다.

당신에게 그 길을 보여줄 수 있는 안내자들이 있습니다.

그들을 이용하십시오. 하지만 그들은 당신의 동경에 만족하지 못할 것입니다.

당신의 모든 꿈틀거리는 에너지를 다해 그들과 연결되도록 애쓰십시오.

고동치는 혈관이 당신을 더 멀리로 데려갈 것입니다.

생각해 봐야 소용없습니다.

마호메트는 말했습니다.

"본질을 이론화하지 말라!"

논리는 눈가리개를 더할 뿐입니다.

인간은 그런 눈가리개를 좋아합니다!

논리는 커튼의 그림 속에 뭔가 비밀이 들어 있다고 생각합니다.

그것들이 당신 주위에서 하는 짓을 의심하십시오.

그렇다고 따지지는 마십시오. 그저 그 짓거리를 즐기고, 침묵하시기를.

아니면 이렇게 말하십시오.

"나는 '당신의 찬미'를 찬미할 수 없습니다. 찬미는 내 머리 너머 무한 속에 있습니다."

절름발이 염소

물가로 내려가는 염소 떼를 본 적이 있지요?

다리를 절며 꿈을 꾸는 듯한 표정의 저 염소는 무리의 꽁무니를 따라갑니다.

근심 어린 얼굴로 간신히 쫓아갑니다.

그러나 이제 그 염소가 웃습니다.

보십시오. 물가에서 돌아올 때는 그가 맨 앞에 있습니다!

세상에는 많은 종류의 지혜가 있습니다.

절름발이 염소는 존재의 뿌리로 돌아가는 나뭇가지와 같습니다.

절름발이 염소에게서 배우시길.

그가 무리를 집으로 인도할 것입니다.

아름다운 사람에게 거울을 선물하십시오

이런 이야기를 들은 적이 있을 겁니다.

왕의 왼쪽에는 용사들을 서게 합니다. 심장이 있는 왼쪽은 용기와 관련이 있기 때문입니다. 오른쪽에는 학자들과 대신들을 서게 합니다. 책을 관리하고 학문을 하는 것은 보통 오른손과 관련이 있기 때문입니다. 그 가운데에 수피들의 자리가 있습니다. 수피들은 명상에 들면 거울이 되기 때문입니다. 왕은 그런 수피의 얼굴을 보고 자신의 본래 모습을 볼 수 있는 것입니다.

아름다운 사람에게 거울을 주십시오.
그리하여 그 스스로 사랑에 빠지게 하십시오.
이것이 자신의 영혼을 스스로 닦는 길입니다.

그렇게 다른 이를 기억하도록 불을 붙이는 것입니다.

요셉의 어린 시절 친구가 요셉을 찾아 왔습니다. 그들은 잠자리에 들어 베개를 베고 누워 어린 시절의 비밀을 털어놓으며 얘기를 나누었습니다. 두 사람은 서로에게 대한 믿음이 깊었습니다.

친구가 물었습니다.

"옛날에 자네 형들이 자네를 시기해서 꾸민 흉계를 알았을 때, 기분이 어땠나?"

"마치 목을 사슬로 매인 사자가 된 기분이었지. 하지만 그 사슬 때문에 풀이 죽거나 불평을 하지는 않았다네. 나는 그저 내 힘을 스스로 깨달을 때까지 기다렸지."

"우물에 갇혔을 때는 어땠나? 감옥에 갇혔을 때는?"

"기우는 달과 같은 기분이었지. 하지만 달은 다시 차오르리라는 것을 알고 있었지. 땅을 뚫고 올라오는 밀알 같은 기분이랄까. 하지만 밀이 자라면 그 곡식을 거두고, 방앗간에 가서 밀가루가 되지. 밀가루는 빵으로 구워지고, 빵은 입 속에서 부서져 사람의 가장 깊은 곳을 알게 되지. 사랑 안에서 길을 잃다! 씨를 뿌린 날 밤에 농부가 부른 노래처럼.”

이런 이야기는 끝이 없겠습니다. 그 친구와 요셉이 나눈 다른 얘기를 들어봅시다.

이번엔 요셉이 물었습니다.

“그런데 친구, 무슨 일로 내게 놀러오게 되었나? 자네도 알다시피 친구 집을 방문할 때 빈손으로 오면 안 된다네. 자네의 밀알 없이 저 맷돌이 돌아가려 하네. 신이 부활을 물을 것이네. ‘너는 내게 선물을 가져오는 것을 잊었는가? 나를 만나지 못할 것이라 생각했는가?’라고.”

요셉은 계속 졸라댔습니다.

“자, 어서 내놓게. 내게 줄 선물을!”

그러자 그 손님이 입을 뗐습니다.

“자네는 내가 자네에게 줄 것을 찾느라 얼마나 고생을 했는지 상상도 못할 걸세. 적당한 것이 도무지 없더라고. 자네는 금광에서 금 한 조각도, 오만의 바다에서 물 한 잔도 가져오지 않네. 내가 생각한 것들은 커민의 원산지인 키르만샤에 커민 씨앗을 가져가는 꼴이었다네. 자네는 헛간에 모든 씨앗을 가지고 있네. 심지어 나의 사랑과 영혼까지도…. 그래서 나는 내 사랑과 영혼마저도 가져오지 못했다네. 단지 자네를 위해 거울 하나를 가져왔네. 자네 자신을 들여다보며 나를 기억해주게나."

그 친구는 옷 속에 품고 있었던 거울을 꺼냈습니다. 거울은 어떤 것입니까? 아무것도 아닙니다. 그 스스로 존재하지 않는 거울을 늘 선물하십시오. 그밖의 다른 모든 선물은 바보스러울 뿐입니다.

가난한 사람에게 깊은 관용을 들여다보게 하십시오.
빵에게는 배고픈 사람을 보게 하십시오.
부싯돌의 불똥이 타오르게 하십시오.

빈 거울과 당신의 가장 못된 습관들이 만나 진짜 화장이 시작됩니다.
그것이 예술이고 공예입니다.
재봉사는 찢어진 옷이 있어야 재봉 연습을 할 수 있습니다.
나무의 밑둥은 베어져야 합니다. 그래야 좋은 재목이 될 수 있습니다.
의사도 자기 다리가 부러지면 의사에게 갑니다.

당신의 결점들은 영광으로 가는 뚜렷한 길입니다.
스스로 무슨 병이 들었는지를 분명히 아는 사람은 바로 길을 내쳐 달리기 시작합니다.
이제는 충분하다고 생각하는 것보다 더 나쁜 것은 없습니다.
그 자기 만족이 바로 훌륭한 장인匠人이 되는 길을 막는 장애물입니다.

당신의 혐오스러운 것들을 거울에 올리십시오.
그리고 우십시오.
그러면 자기 만족은 당신 속에서 빠져 흘러나갑니다!
사탄은 생각했습니다.
"나는 아담보다 훌륭하다."
그리고 그런 '-보다 훌륭하다'는 여전히 우리 속에 강하게 들어 있습니다.

당신의 냇물은 깨끗해 보이지만, 밑바닥에는 흘러 내려가지 않고 쌓인 것이 많이 있습니다.
당신의 스승이 냇물 옆에 도랑을 파서 쓰레기들을 치워 줄 것입니다.

당신의 상처를 스승의 진료실에 믿고 맡기십시오.

파리 떼가 상처에 꼬입니다. 파리 떼가 상처 위를 덮습니다.
자기 보호라는 감정, 당신 것이라고 생각하는 그 애착이 바로 파리 떼입니다.
스승이 파리 떼를 쫓게 하십시오. 그리고 상처에 붕대를 감게 하십시오.
머리를 돌리지 마십시오. 붕대가 감긴 곳을 똑바로 바라보십시오.
그곳이 바로 당신에게로 '그 빛'이 들어가는 곳입니다.

단 한순간이라도 당신이 당신 자신을 치료할 수 있다고 생각하지 마십시오.

당신이 어디에 있건,
그는 당신과 함께 있습니다

우리의 행동과 신의 행동이 서로 무엇이 다른지를 살펴보십시오.

우리는 묻습니다.
"너 왜 그렇게 했니?"
혹은
"내가 왜 그런 짓을 했을까?"

우리는 행동합니다.
그리고 행하는 모든 것은 신이 창조한 것입니다.

우리는 뒤를 돌아보고, 우리 삶에서 일어난 사건들을 분석합니다.

그러나 사물을 보는 다른 방법이 있습니다.
앞과 뒤를 동시에 보는 것입니다.
물론 이성理性으로는 이해가 가지 않습니다.
오직 신만이 이해할 수 있습니다.

사탄은 변명을 했습니다.
"네가 나를 추락시켰어."
반면 아담은 신에게 이렇게 말했습니다.
"우리가 이런 짓을 했습니다."
이 참회가 있은 뒤 신은 아담에게 물었습니다.
"모든 것이 내 손 안에 있건만, 너는 왜 이 안에서 너를 보호하지 않았는가?"
아담은 대답했습니다.
"나는 두려웠습니다. 그리고 나는 경건해지고 싶었습니다."

존경을 갖고 행하면 존경을 받습니다.
달콤함을 주는 이는 달콤한 케이크를 맛보게 됩니다.
착한 여자는 착한 남자에게 빠지게 됩니다.

친구를 존경으로 대하십시오.
무례하게도 대해보십시오.
그리고 어떤 일이 일어나는지 살펴보시길.

사랑, 그것은 우리를 자유롭게 하는 신비를 풀어주며 동시에 우리를 묶어 놓기도 합니다.
중풍에 걸린 한쪽 팔이 떨리면 그 팔을 잡고 있는 다른 팔도 떨립니다.
두 떨림은 모두 신에게서 옵니다.
그러나 당신은 한쪽에서는 자책감을 느낍니다.
그럼 다른 한 쪽은?

이런 것들은 머리를 써서 대답해야 할 질문들입니다.
하지만 영혼은 사물을 다르게 접근합니다.
오마르에게 한 과학자 친구가 있었습니다.
그는 복잡한 과학 문제를 푸는 데 아주 완벽했습니다.
하지만 상상과 호기심만큼은 오마르를 따르지 못했습니다.

문제로 돌아가지요.

"당신이 어디에 있건, 그는 당신과 함께 있습니다."
도대체 어떻게 그로부터 떠날 수가 있단 말입니까.

무지는 신의 감옥.
지혜는 신의 궁전.

우리는 신의 무의식 안에서 잠이 듭니다.
우리는 신의 열린 손 안에서 일어납니다.

우리는 신의 비를 슬퍼합니다.
우리는 신의 번개를 웃습니다.

전쟁과 평화, 모두 신 안에서 일어납니다.
이런 복잡한 뒤엉킴 중에 과연 누가
홀로, 똑바로, 한 줄로,
알라의 태초에 가 닿을 수 있겠습니까?

무無
우리는 텅 비어 있습니다.

깊이 들여다봄의 집

당신이 집을 나와 무덤으로 가는 길을 걷는 밤.

열린 무덤 안에서 내가 당신을 부르는 소리를 듣게 될 것입니다.

그리고 우리가 늘 함께 있었다는 것을 알게 됩니다.

나는 당신 안에 있는 맑은 의식의 중심입니다.

자기혐오의 피곤함 속에도 이 중심의 환희가 들어 있습니다.

그 밤, 당신이 뱀의 공포와 개미의 방해에서 탈출하면,

당신은 내 친근한 목소리를 듣게 됩니다.

촛불이 타오르는 것을 보십시오.

그 향내를 맡으십시오.

당신의 모든 연인들 중에 '그 연인'이 지은 진귀한 밥상!

이런 가슴속 소란이 무덤 안에서 타오를 당신을 위해 내가 보내는 신호입니다.

그러니 무덤 가의 장막과 먼지를 불평하지 마십시오.

그리고 사람의 형상 안에서 나를 찾지 마십시오.

나는 당신의 그 찾으려는 마음 안에 있습니다.

이런 굳센 사랑 안에는 형상이 들어설 자리가 없습니다.

북을 울리고 시인으로 하여금 노래하도록 하십시오.

이날은 이제 성숙하여 사랑으로 들어가는 이들을 위한 정화의 날입니다.

죽을 때까지 기다릴 필요가 없습니다.

여기, 돈보다 명예보다 한 점의 고기보다 더 갈망해야 할 것이 있습니다.

이제, 우리 마을에 새로운 '깊이 들여다봄의 집'이 세워졌습니다.

고요히 앉아, 빛과 같고 신의 회답 같은 시선을 던지는 사람들에게 열려 있습니다.

우리 이 집을 무어라 부를까요?

누군가 묻거든

누군가 섹스의 완전한 만족이 어떤 것인가를 묻거든,
얼굴을 들어 이렇게 말하십시오.
"이와 같다."

누군가 밤하늘의 충만한 은총을 말하거든,
지붕에 올라 춤을 추며 이렇게 말하십시오.
"이와 같은가?"

누군가 정신이 무엇인지, 신의 향기가 무엇인지 묻거든,
그(그녀)의 얼굴에 당신 얼굴을 들이대고,
"이와 같다."

누군가 구름이 달을 지나는 옛 시의 구절을 인용하거든,
옷을 천천히 풀어 젖히며,

"이와 같은가?"

누군가 예수가 어떻게 부활했는지 궁금해하면,

그 기적을 설명하지 말고, 내 입술에 입을 맞추십시오.

"이와 같다." "이와 같다."

누군가 '사랑을 위한 죽음'이 무슨 뜻인지를 묻거든,

손가락을 들어,

"여기."

누군가 내 키가 얼마인지 묻거든,

눈살을 찌푸려 당신 이마 위의 주름 사이의 간격을 손가락으로 재어,

"요만큼."

영혼은 때로 육체를 떠났다가 돌아옵니다.

누군가 그것을 의심하거든,

내 집으로 돌아와,

"이와 같다."

연인들이 한탄할 때,

그들은 우리의 이야기를 합니다.

"이와 같다."

나는 정신들이 사는 하늘입니다.

이 깊은 푸르름을 응시하십시오. 바람이 비밀을 말하는 동안,

"이와 같다."

누군가 할 일이 무어냐고 묻거든,

그의 손에 촛불을 밝혀 들려주고,

"이와 같다."

요셉의 향기가 어떻게 야곱에게 전해졌는가?

"후우우우우."

야곱이 어떻게 다시 눈을 떴는가?

"스르르르."

작은 바람이 그의 눈을 씻었습니다.

"이와 같다."

타브리즈의 샴스가 돌아와서,

머리를 문 가에 가만히 대고 우리를 놀라게 합니다.

"이와 같다."

벌거벗고 강물로 뛰어든 사내

한 남자가 벌거벗고 강물로 뛰어듭니다.
호박벌들이 그의 머리 위로 몰려듭니다.
그 강물은 지크르, '회상'입니다.
"신 외에 실재하는 것은 없다. 신만이 유일하다."

호박벌들은 이 남자의 성性에 대한 기억입니다.
이 여자 저 여자에 대한 기억.
혹 여자라면, 이 남자 저 남자에 대한 기억이겠지요.

머리를 쳐들면 벌들이 쏘아댑니다.
물을 호흡하세요.
강물이 당신의 머리가 되게 하고 다리가 되게 하세요.
그러면 호박벌들은 당신을 두고 떠나갑니다.
당신이 강을 멀리 떠나더라도 벌들은 이제 당신에게는

관심이 없습니다.

해가 뜨면 아무도 별을 볼 수 없습니다.

신 속으로 녹아든 사람은 사라지는 것이 아닙니다.

그(그녀)는 그저 신성에 온전히 담겨진 것입니다.

코란의 한 구절을 인용할까요?

"가져간 것은 오직 우리의 존재뿐."

그런 여행자들과 함께하세요.

우리가 밝혀 들고 나간 등불들 중에, 어떤 것은 금방 꺼지고, 어떤 것은 새벽녘까지 갑니다.

또 어떤 것은 흐릿하고 어떤 것은 아주 밝습니다.

모두 같은 기름을 넣었는데도 말입니다.

어느 집의 등불이 꺼진다고 옆집까지도 어두워지지는 않습니다.

이것은 신성神性의 영혼에 관한 것이 아니라, 수성獸性의 영혼에 관한 것입니다.

태양은 모든 집을 비춥니다.

태양이 꺼지면 모든 집들이 어두워집니다.

빛은 당신 스승의 이미지입니다.

당신의 적들은 어둠을 사랑합니다.

거미는 자신을 떠나 빛살을 타고 거미줄을 치고 베일을 만듭니다.

말 다리를 움켜쥐고 야생마를 길들이려 하지 마십시오.

목을 쥐십시오.

고삐를 사용하여 균형을 잡고 올라타십시오!

여기에는 자기 부정이 필요합니다.

오랫동안 신에게 순종한 이들을 얕보지 마십시오. 그들의 도움이….

스승이 가르쳐 준 소박함

지난 밤, 나의 스승이 소박함을 가르쳐 주었습니다.
아무것도 소유하지 않고, 아무것도 원치 않는 소박함.

나는 벌거숭이.
마음속에는 붉은 비단을 걸치고 루비 광산을 가지고 있습니다.
나는 빛에 빠집니다. 그리고 지금 바다를 봅니다.
수많은 움직임이 동시에 나를 향해 다가옵니다.
다정하고 고요한 사람들의 둥근 무리가 내 손가락의 반지가 됩니다.

도중에 바람과 천둥을 만납니다.
나는 그런 스승을 가졌습니다.

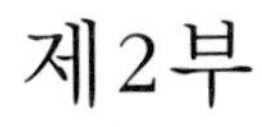

제2부

영혼을 위한 잠언

그 안에 빛의 씨앗이 있다

당신은 당신을 그것으로 채운다

그렇지 않으면 그것은 죽는다

1

밤낮으로 음악과
고요와 맑은 갈대 피리……

이것들이 사라지면
우리도 사라진다

2

그토록 작은 것이 어떻게 움직이는지
사람들은 어떻게 여행을 마치고 이곳에 도착하는지
어떻게 모두들 다른 음식을 주문하는지
해가 뜨면 별들이 어떻게 사라지는지
냇물이 어떻게 바다로 흘러가는지 살펴보라

보라, 요리사는 주문한 대로 특별한 음식을 준비한다
보라, 이 컵이 바다를 담는다
보라, 마침내 그 얼굴을 본 사람들을
보라, 보석의 바다, 샴스Shams의 눈을 통해……

3

새로운 사랑의 품에서 죽음을 맞이하라
당신의 길은 다른 쪽에서 시작되리니
하늘이 되라
감옥의 벽을 향해 도끼를 세우라
탈출하라
찬연히 문득 태어나 걸어나가라
바로 지금
당신은 먹구름에 덮여 있다
그 끝을 지나 죽음을 맞이하라
그리고 침묵
침묵은 죽음의 가장 확실한 징표
지난 삶은 고요를 떠난 광란의 질주였나니

다시 보름달은 침묵 속에 뜨고

4

친구가 내 몸속으로 찾아온다
찾을 수 없는 중심을 찾아
칼날로 여기저기 헤집어 놓는다

5

나 없이 세상 모두와 함께하면
당신 곁에는 아무도 없다
아무도 없이 나와 함께하면
당신 곁에는 모두가 있다

모두와 함께 묶여 돌아가지 말고 모두가 되어라
충만함 속에서 당신은 아무것도 아니니

그저 모든 걸 비우시길

6

늦도록, 혼자
나의 배 안에서
빛도 육지도 없이
구름만 짙다

수면 위로 올라오려고 애를 쓰지만,
나는 이미 큰 바다 밑에서 살고 있다

일몰은 일출을 닮지 않았던가?
당신은 아는지,
그토록 간절한 사랑도 그러하다는 것을

당신은 운다
당신은 자신을 태워버렸다고 말한다
그러나 연기 속에서는 누구나 몽롱해지는 법

7

초는 온전히 불꽃이 되기 위해 태어났다
그 압도의 순간 그림자는 없다

그저 피난처를 찾는 불꽃의 혀가 있을 뿐

이제 막 소임을 다한 이 초의 밑동을 보라
마침내 우리가 늘 부르짖는 선과 악,
자존과 수치로부터 안전해진 누군가를 닮아 있다

8

목소리와 실존 사이에는
서로를 깨닫는 길이 흐른다

침묵을 기르면 길은 열리고
방황 속에서 길은 가까워진다

9

오늘도 그렇듯, 우리는 허무와 두려움 속에 일어난다
공부를 하고 책을 읽기 위해 창문을 열지 마라
악기는 내려놓으라

우리가 사랑하는 저 아름다움이
우리가 행하는 바가 되게 하라
이 땅에 무릎을 꿇고 입 맞출 방법이
세상에는 수없이 많으니

10

옳고 그름을 떠나 저기 들판이 있다
거기서 나는 당신을 만날 것이다

그 풀밭에 영혼이 드러누우면
세상은 너무 가득 차서 할 얘기가 없어지고
생각도
언어도
'서로'도
무의미할 뿐

11

새벽 산들바람이 불어올 때

당신에게 들려줄 비밀 이야기가 있다

다시 잠들지 마라

당신은 당신이 진정 원하는 것을 물어야 한다

다시 잠들지 마라

사람들은 두 세계를 잇는 문지방을 들락거린다

저 문은 활짝 열려 있으니

다시 잠들지 마라

12

낮의 빛, 춤추는 작은 것들로 가득하고
큰 하나, 위대한 회전,
우리의 영혼들은 당신과 춤을 춘다
발 없는 춤을 춘다
보이는가?
당신 귀에 내 속삭임이 닿을 때……

13

저들은 당신의 속내를 말하려 애를 쓴다

영혼, 섹스?

저들은 솔로몬과 그의 아내들에게 호기심을 갖고

세상의 몸 안에, 저들이 말하길,

영혼이 있고 당신이 그렇다고

그러나 우리는 서로의 안에 길을 갖고 있다

입으로는 결코 뭐라 부를 수 없는

14

봄의 과수원으로 오세요

촛불과 와인

그리고 석류꽃이 있어요

당신이 안 오신다면,

이런 것들이 다 무슨 소용이겠어요

당신이 오신다면,

또한 이런 것들이 다 무슨 소용이겠어요

15

신을 그리는 자는

망신스럽고, 정신이 나간 채로,

광기 속에 내버려두어라

제정신인 이들이 무언가 잘못되었다며 걱정하겠지만……

그냥 내버려두기를

16

말이 많은 밤은 상처를 준다

내가 가장 흉하게 지니고 있는 비밀들

세상 모든 것은 사랑함–사랑하지 않음과 연결되어 있다

이 밤은 가고, 우린 아직 할 일이 많다

17

당신의 목을 두려움으로 조이지 마라
낮이고 밤이고 깊은 숨을 쉬어라
죽음이 당신의 입을 닫을 때까지……

18

장미의 노을이 이내 사라졌다
그 장미의 정원은 기억 속에만 있다

빛은 무엇인가
색은 무엇인가
어둠은 어디서 오는가

어둠을 딛고 빛이 오나
아니면 빛이 어둠 위에 안기나

19

당신이 발하는 그 빛은
엉덩이에서 나온 것이 아니다
당신의 존재는 정액에서 시작된 것이 아니다
그러니 숨길 수 없는 분노의 빛을 숨기려고
애쓰지 마시길

20

상상하라
독수리처럼 가파른 절벽 위를 훨훨 날아다닌다고

상상하라
당신이 숲 속을 어슬렁거리는 호랑이라고
먹이를 쫓을 때가 당신은 가장 멋있다

나이팅게일이나 공작새와는 어울리지 마라
하나는 목소리, 다른 하나는
화려한 치장인 뿐인 것을

21

벌레 한 마리가 포도잎에 달라붙어 잎을 갉아먹고 있다
문득, 벌레는 깨어났다
은총…… 그 뭐라 부르건……
뭔가가 그를 깨웠다
그는 이제 더 이상 벌레가 아니다
그는 이제 포도밭이고, 사과밭이다
열매고, 줄기다
그 안에서 집착 없는 지혜와 기쁨이 자라난다

22

춤을 추어라, 깨어져 열릴 때
춤을 추어라, 눈가리개를 벗어 던지거든
춤을 추어라, 싸움 한복판에서
춤을 추어라, 당신의 핏속에서
춤을 추어라, 온전히 자유로워지거든

23

나는 미친 입술 위에서 살았다

이유를 알고 싶어서 문을 두드리자……

문이 열렸다

내 안에서 내가 나를 두드리고 있었던 것이다

24

나는 일어선다

내 속에 있는 하나의 '내'가 수백 명의 '내'가 된다

그들이 내 주위를 빙글빙글 돌며 말한다

말도 안돼……

내가 나를 빙글빙글 돈다

25

무엇인가 우리의 날개를 펼친다
그 무엇인가가 고통을 사라지게 한다 편안하게……
누군가 우리 앞의 잔을 채운다
우리는 그저 신성함을 맛본다

26

태양은 사랑이다

사랑하는 자, 태양을 도는 작은 조각

봄바람이 춤추듯 불어

모든 가지가 살아있다

27

나는 너무 작아 잘 보이지도 않는다
그렇다면 내 안에 있는 이 위대한 사랑이
어떻게 존재하는가?

"네 눈을 보아라. 눈은 작다.
그러나 눈은 거대한 사물을 본다."

28

어떤 밤들은 새벽까지 머무른다
달이 태양에게 그랬듯이
우물 속의 어두운 길에서
두레박 가득 물을 길어 올려라
그리고 빛으로 높이 쳐들어라

29

상대가 없는 사람보다 더 참된 사랑은 없다
목적 없는 일보다 더 만족스러운 일은 없다
재능과 총명함에 얽매이지 않으면
가장 뛰어난 능력이 나온다

30

우물로 걸어가라

지구와 달이 돌듯이 돌아라

그들의 사랑을 맴돌아라

어찌 돌건 그것은 중심에서 비롯된 것

31

계속 걸어라 갈 곳이 없더라도

거리를 두고 보려 하지 말라

그것은 인간을 위한 것이 아니다

안에서 움직여라

두려움이 움직이게 하는 길을 가지 마라

32

이 순간, 이 사랑이 내 안에서 쉬고 있다
많은 존재가 한 존재 안에서
한 알의 밀알 속에 수천 개의 밀 다발이 쌓여 있다
바늘귀 안에도 별들이 도는 밤이 있다

33

당신은 자신이 누구라고 말한다

나는 내가 누구라고 말한다

내 머릿속에 너의 움직임

여기 내 손안에 내 머리

그 안에 도는 무엇

이렇게 완전한 선회를 뭐라 불러야 하는지……

34

물속에서, 물방아가 돈다

별들은 달과 함께 돈다

우리는 밤바다의 방황 속에 산다

"이 빛들은 무엇인가?"

35

사랑의 도살장에서는
가장 아름다운 자만을 죽인다
약하고 병든 이는 빼고서

이 죽음에서 달아나지 말라
사랑으로 죽임을 당하지 못한 이 죽은 고깃덩이

36

우리는 이렇게 말한다 또 우리는 저렇게 말한다
소원을 담지 않으면 두려움이 담겨 나온다
우리는 다른 생명으로 산다
돌멩이가 산에서 만들어지듯

37

우리는 사막에 던져졌다.

거절하기 힘든 사막……

우리는 누군가를 헌신적으로 숭배한다

우리가 홀로 앉아 기도하는 시간……

잠시 후 자리를 털고 일어날지라도

우리는 욕망의 목구멍 속으로 급히 치닫는다

하지만 욕망이란 변하는 법

대지의 양분이나 나무 속을 타고 올라 나무가 된다

나뭇잎이 짐승을 만나 그 속으로 들어간다

사람이 무거운 육체의 짐을 내려놓고

빛이 되듯이……

38

노예여, 모든 동방의 주인이 여기 계심을 알아라
저 펄럭이는 폭풍의 구름이
그의 번개를 당신에게 보이시는구나!
당신의 말들은 추측에 지나지 않는다
그는 경험으로 말한다
그 엄청난 차이!

39

저 아침 바람이 신선한 향기를 퍼뜨린다
우리는 일어나 그 안으로 들어가야 한다
우리를 살게끔 하는 그 바람 안으로
바람이 지나가기 전에 숨을 들이켜라

40

수많은 군중과 당신의 참된 고독 중에
어느 것이 더 가치가 있는가?
자유와 전 세계를 다스리는 힘 중에는
또 어떤 것이 더?
방 안에 잠시 홀로 있는 것이
세상이 당신에게 줄 수 있는
그 어떤 것보다 더 값지다

41

우리는 거대한 술통을 가지고 있다
그런데 술잔이 없다
잘된 일이다

내일 아침 우리는 불타고
내일 저녁 우리는 또다시 불탄다
사람들은 미래가 없다고 한다
그들의 말이 옳다
잘된 일이다

42

우리는 빛으로 가득한 밤바다

우리는 물고기와 달 사이의 공간

우리가 여기 함께 앉아 있을 동안에

43

당신은 노래
그토록 바라던 노래

하늘의,
바람의,
조용한 지혜의
그 가운데를 귀를 통해 가라

씨를 뿌리고 덮어라
당신이 일하는 곳에 칼들이 싹을 틔운다

44

함께 머물러라 친구들과
혼미하거나 잠들지 마라
우리의 우정은 깨어있으므로 뭉쳐진 것

물레방아는 물을 받아들이고,
돌고, 떠나 보내고,
운다
이렇게 그 정원에 머물러라

다른 둥근 것들이 마른 강바닥을 구르며
욕심 채울 것을 찾아 도는 동안

여기 머물러라
수은 방울처럼 순간순간을 떨며……

45

나는 모든 책과 그 속의 경구들을 기억하고 있다
하지만 사랑만은 말할 수 없다
당신과 내가 함께할 때까지 당신은 기다려야 한다
그때 우리의 대화는……
인내하라……
그때를……

46

사랑의 길은 신비스러운 논쟁거리가 아니다
그곳의 문은 황량하다
새들은 자유롭게 위대한 하늘에 선을 긋는다
새들이 어떻게 배웠을까?
새들은 떨어지고 떨어진다
그들에게 주어진 날개로……

47

새의 노래는 나의 갈망을 풀어준다

나도 새처럼 환희에 젖는다

입으로 말할 수는 없지만!

제발, 우주의 영혼이여,

나를 통해 노래를, 아니면 그 무엇이라도……

48

우리가 서로의 얼굴에서 찾고 있는 것은
우리의 삶이다
오늘도 그렇게 살아간다
어떻게 사랑의 비밀을 간직하는가?
눈썹에서 눈썹으로 말을 건네고,
우리는 눈을 통해 듣는다

49

내가 당신의 사랑을 기억할 때

나는 웁니다. 그리고

사람들이 당신에게 하는 말을 들으면서

뭔가 내 가슴에

아무것도 일어나지 않는 지금

나는 잠에 빠집니다

50

급류를 따라 세차게 떠내려가는 배 안에 있으면
강둑의 나무들이 달려와 지나가는 듯하다
우리를 둘러싸고 변해가는 것들은
이 세상을 떠나가는 우리가 탄 조각배의 속도

51

네가 참사람이라면,

사랑에 모든 것을 걸어라

그렇지 않다면 이 자리를 떠나라

반쪽 가슴으로는 위엄에 도달할 수 없다

신을 찾아 떠나라

지저분한 길가 선술집에서 너무 오래

머무르지 말고……

52

보이는 것들이 뭔가 주기를 바란다면
당신은 종노릇을 하는 것이다

보이지 않는 것들을 바란다면
당신은 진리 안에 살고 있지 않은 것이다

두 바람 모두 어리석은 짓이다

사랑이 뒤흔든 그 기쁨이 진정으로 당신이 바라는 것
그것을 잊은 것은 용서받을 수 있다

53

님이 어디에나 있다면
님의 연인은 가면 속에 있다
삶이 '그 친구'가 되면 연인은 사라진다

54

당신은 태어났다, 신비와 함께.
당신의 천둥 같은 소리는
우리를 몹시 행복하게 만든다
포효하라 사자의 심장!
그리고 나를 부수어 열리게 하라

55

소박한 삶은 부족함이 없다
늘 풍요롭다
좀 더 단순한 자기로 돌아가는 것은 지혜를 가져다준다

한 남자가 아들을 위해 이야기를 만든다
남자는 아버지도 되고 아이도 된다
들어 보라, 그 이야기를

56

한 장인이 갈대 뿌리에서 갈대를 잘라 구멍을 낸다
그리고 그것을 '인간'이라 이름 지었다
그날 이후로 그 갈대는
잘려진 고통으로 철없이 울어댔다
자신에게 피리의 삶을 준 솜씨에 대해서는
입을 다물고서

57

나는 당신으로 가득합니다

살갗, 피, 뼈, 뇌 그리고 영혼

믿음을 위한 자리도, 믿음이 모자랄 자리도 없습니다

존재 안에는 아무것도 없습니다

그저 존재만이 있을 뿐

58

바다의 은혜를 질투하는가
왜 이 기쁨을 다른 이에게 전하려 하지 않는가

물고기는 성스러운 물을 컵에 담지 않는다
물고기들은 그 거대하게 흐르는 자유를 헤엄친다

59

바람 속에서 북소리가 일어난다
그 고동 소리 나의 심장

그 맥박의 파동 안에서 목소리가 들린다
"네가 지쳤구나. 이리로 오라. 여기 길이 있다."

60

당신의 빛 안에서, 나는 사랑하는 법을 배운다
당신의 아름다움 안에서, 나는 시를 쓰는 법을 배운다

당신은 내 가슴 안에서 춤을 춘다
당신 홀로 추는 춤

때로 나도 춤을 춘다
그 광경이 예술을 빚어낸다

61

잃어버린 것을 찾아 헤매는 당신의 슬픔이
당신이 용감하게 일할 곳을 거울을 들어 비춘다
최악의 결과를 속단하면서
하지만 보라, 여기 당신이 바라던 기쁜 얼굴이 있다

당신의 손은 열리고, 닫히고, 열리고, 닫힌다
늘 주먹을 쥐고 있거나, 늘 손을 펴고 있으면
손은 마비될 것이니

당신의 가장 깊은 곳의 존재는
매 순간 작은 수축과 이완을 반복한다
새의 날개처럼 아름다운 균형과 조화를 이루면서

62

나는 당신을 류트와 함께 엮어두고 싶다
그렇게 우리는 사랑으로 크게 울 수 있다
당신은 거울에 돌을 던지고 싶은가?
나는 당신의 거울, 그리고 여기 돌이 있다

63

우리는 우리 얼굴을 그 안에 비치고 있는 거울들
우리는 이 영원의 순간을 음미함을 음미하고 있다
우리는 상처에 고통받고, 치료에 고통받는다
우리는 달콤하고 차가운 물이자 물을 담는 항아리

64

내 첫사랑의 이야기를 듣는 순간
나는 당신을 찾기 시작한다
그것이 얼마나 눈먼 짓인지도 모른 채

연인들은 결코 어디서도 만나지 않는다
그들은 늘 함께 합니다

65

당신과 함께 있을 때, 우리는 온 밤을 지새운다
당신이 이곳에 없으면, 나는 잠들지 못한다

이 두 가지 불면을 신께 구하라!
두 불면의 다른 점도 함께……

66

시 안에 있는 그 존재에게 귀를 기울여라
시들이 가는 곳으로 함께 가라
그 비밀의 힌트를 따라가라
절대, 조건을 달지 말고

67

누가 밖에서 안을 들여다보는가?
누가 미친 마음속에서 수백의 신비를 찾아내는가?

그의 눈을 통해 그가 보는 것을 보라
이제 누가 그의 눈을 통해 밖을 보는가?

잘랄 앗 딘 알 루미(1207~1273)

Jalāl al-Dīn al-Rūmī

1207년(0세)

9월 30일, 아프가니스탄의 옛 도시 발흐에서 유명한 신비주의 신학자인 바하 앗 딘 왈라드의 아들로 태어났다.

1219년(12세)

종교적인 박해와 칭기즈칸의 몽골 군대 침입을 예상한 아버지 바하 앗 딘 왈라드가 그의 가족들을 데리고 고향을 떠나 아시아의 소왕국과 아라비아를 여행하다. 이 여행 중 루미는 페르시아의 신비주의 시인 아타르를 만나다.

1224년(17세)

사마르칸드의 귀족 집안 출신인 고어 카톤과 결혼하다.

1225년경(18세)

라란나에 잠시 머무르는 동안 어머니가 죽고 첫아들 술탄 왈라드가 태어나다.

1229년(22세)

코니아의 술탄, 케이코바드의 초청을 받아 아버지와 함께 코니아로 간다.

코니아의 술탄은 루미의 아버지를 위해 마드라사(madrasah)라는 종교학교를 지었고, 그곳에서 루미의 아버지는 학생들을 가르쳤다.

1231년(24세)

아버지 바하 앗 딘 왈라드가 죽자, 루미가 아버지의 후계자로 대를 잇는다.

1232년(25세)

아버지 바하 앗 딘의 제자인 부르한 앗 딘 무하키크가 코니아에 와서 잘랄 앗 딘에게 이란에서 발달한 몇 가지 신비적인 이론들을 더 깊이 알려주는 등 잘랄 앗 딘의 정신세계 형성에 커다란 공헌을 하다.

1237년(30세)

알레포와 다마스쿠스를 여행하고 코니아로 돌아오다.

1240년경(33세)

부르한 앗 딘이 코니아를 떠나다. 한두 차례 시리아를 여행하다. 그곳에서 이슬람 신지학자(神智學者)인 이븐 알 아라비를 만나다. 루미는 코니아에서 이븐 알 아라비의 통역자이자 의붓아들인 사르드 앗 딘 알 쿠나위와 동료로서 친하게 지내고 있었다.

1244년(37세)

11월 30일, 시리아에서 첫 대면했던 떠돌이 타브리즈 출신의 데르비시 샴스 앗 딘을 코니아의 길거리에서 만나다. 루미는 샴스와 함께 지내며 신의 권위와 아름다움에 관한 신비를 깨닫다. 이 무렵 루미의 제자는 1만 명에 이르다.

1246년(39세)

2월, 잘랄 앗 딘이 그의 제자와 가족을 소홀히 대하는 것에 분개한 측근들이 샴스를 마을에서 강제 추방하다. 루미가 비탄에 빠지자 그의 큰아들인 술탄 왈라드가 결국 샴스를 시리아에서 데리고 오다.

1247년(40세)

샴스가 살해되다. 잘랄 앗 딘의 아들들은 이 사실을 알고 있었으며, 코니아에 아직도 남아 있는 한 우물 근처에 그를 급히 매장했음이 최근에야 입증되다.

1250년경(43세)

문맹자인 대장장이 살라흐 앗 딘 자르쿠브와 친분을 나누면서 비슷한 황홀감을 경험하고는 대장간 앞에서 망치질 소리를 들으며 춤을 추기 시작하다. 살라흐 앗 딘이 죽은 뒤 후삼 앗 딘 첼레비가 그의 정신적 연인이 되어 시를 가르치다. 루미는 이들을 샴스의 현현으로 받아들이며 사랑과 동경, 결별의 경험들을 겪으면서 자신의 생명이 다할 때까지 30년 동안 수많은 시와 우화를 통해 이슬람 문학의 정수를 꽃피우다.

1273년(66세)

12월 17일, 대서사시인 《영적인 마스나위》를 완성한 뒤 죽다. 그의 후계자는 후삼 앗 딘이었고, 후삼 앗 딘의 뒤를 이어 술탄 왈라드가 계승했다. 그는 느슨한 조직을 마울라위야(Mawlawiyah)교단으로 통합 · 조직했다. 이 교단은 그들의 주요 의식을 구성하는 신비적인 춤 때문에 서양에서 '빙글빙글 춤추는 데르비시들'로 알려졌다.

루미를 이해하기 위해 알아두어야 할 이슬람 문화의 주요 용어 해설

가브리엘 Gabriel

성서와 코란에 나오는 천사장의 하나. 하느님의 명령을 받아 다니엘에게 가서 숫양과 숫염소 환상을 설명하고 '70주간'에 대한 예언을 알려준 하늘의 전령이다. 또한 즈가리야에게 나타나 세례자 요한의 출생을 미리 알리고, 동정녀 마리아에게는 예수의 탄생을 고지하는 일을 맡았다. 마호메트가 히라 산의 동굴에서 명상에 잠겨 있을 때 가브리엘 천사가 빛나는 구름 속에서 나타나 그가 알라의 예언자임을 알려주었다고 한다.

이슬람교는 가브리엘의 이름과 직무를 유대교와 그리스도교의 전통에서 이어받았다. 가브리엘이라는 이름이 코란에 나오는 것은 단지 세 번뿐이지만, 여러 가지 별칭이 바로 그를 가리키는 것으로 본다.

라마단 Ramadan

이슬람력의 아홉 번째 달로, "코란이 백성의 길잡이로 내려온 것"을 기념하여 금식을 하는 성스러운 달. 속죄 기간이라는 종교적 기능을 갖는다는 점에서 유대교의 욤키푸르와 유사하지만 라마단은 속죄보다는 신이 내린 명령에 대한 순종적 응답이라는 차원으로 이해해야 한다. 이슬람교에서는 이 달 내내 동이 틀 무렵부터 땅거미가 질 때까지 계율로 음식 · 술 · 성교를 금하고 있다. 라마단의 시작과 끝은 믿을 만한 목격자가 이슬람 권위자들 앞에서 달이 떴다고 증언하면 공포된다. 그러므로 날이 흐릴 때는 금식이 지체되거나 연장되는 수도 있다.

마울라위야 Mawlawiyah

터키어로는 메블레비야Mevleviyah라고 부른다. 페르시아의 신비주의 시인인 잘랄 앗 딘 알 루미가 아나톨리아 고원 코니아에 세운 이슬람 신비주의교. 루미를 가리켜 부르던 마울라나(아랍어로 '우리의 지도자'라는 뜻)에서 교단의 이름이 정해졌다. 이 교단은 아나톨리아 전지역으로 확산되어 15세기에는 코니아와 그 주변 지역을 지배했고, 17세기에는 이스탄불까지 세력을 넓혔다. 교단의 의례적 기도인 지크르의 음악 반주에 맞추어 오른발로 빙글빙글 돌면서 춤을 추어 서양인들은 그들을 '빙글빙글 춤추는 데르비시'라고 부른다.

1925년 9월, 법령에 따라 터키의 모든 수피 교단이 해체된 뒤 마울라위야회는 시리아 알레포에 있는 몇몇 수도원으로 옮기거나 중동의 소도시에 흩어져 겨우 명맥을 유지하게 되었다. 1954년, 터키 정부는 코니아의 마울라위야회의 데르비시들이 해마다 2주 동안 관광객을 위해 의례적인 춤을 출 수 있도록 특별 허가를 내렸다. 이 교단은 터키 정부와 대립하면서도 지금까지 종교 단체로서 명맥을 유지하고 있다. 코니아에 있는 루미의 무덤은 공식적으로는 박물관으로 지정되어 있지만, 아직도 꾸준히 순례자의 발길이 이어지고 있다.

마호메트 Mahomet **(570년경~632년)**

고대 아라비아의 예언자이며 이슬람교의 창시자다. 아라비아 원음으로는 무하마드Muhammad라고 한다. 이슬람교도는 보통 라술라Rasullah, 즉 '알라의 사도'라고 부른다. 아버지 압둘라가 일찍 죽자 마호메트는 조부에 의해 양육되었으며 조부의 사망 이후에는 숙부 아브 탈리브의 보호를 받았다. 청년 시절 그는 대상隊商을 따라 시리아 등지를 왕래하였으며, 그 사이 유력한 상인의 미망인인 하디자 밑에서 일하는 도중, 마호메트의 성실함에 큰 감명을 받고 그녀가 구혼을 하였다. 595년 마호메트는 십여 세나 연상인 하디자와 결혼, 3남 4녀를 낳았으나 사내아이는 모두 일찍 죽었다.

마호메트가 마흔 살이 되었을 때, 그는 세속적 생활에서 이탈하여 메카 교외의 히라 산에 있는 동굴에서 명상 생활에 들어갔다. 그리고 그 해 처음으로 천사 가브리엘을 통하여 알라신의 계시를 받았다고 한다. 그 뒤에도 여러 차례 알라의 계시를 받게 되어, 드디어 그는 새로운 종교를 창시할 것을 결심하였는데, 부인 하디자가 최초의 신도가 되었고, 이슬람교를 믿는 신도가 점차 증가하게 되었다. 이것은 종전까지의 다신교를 부정하고 유일신 알라 앞에서 인간의 평등을 주장하는 것이었으나, 이것은 메카 지배층의 이익에 위배되는 것이었으므로, 포교를 시작하자 박해가 가해지기 시작했다.

615년에는 신도 일부가 아비시니아로 피신했으나 마호메트는 아부

바크르 등 70여 명과 함께 메카를 탈출, 메디나로 갔다. 이를 히즈라(헤지라)라고 하는데, 훗날 이 해를 이슬람력曆의 기원으로 삼았다.

당시 메디나에는 내분이 있었으나 마호메트는 정치적 지도자로서의 역량을 발휘하여 사태를 수습하고, 메카에 대항할 수 있는 군대를 양성하는 동시에 이슬람 교단의 모체를 만들어냈다. 632년 3월에는 메카에서 대제大祭를 지내고, 마호메트 자신이 순례를 지휘했다. 그 뒤 그의 건강은 갈수록 악화되어, 같은 해 6월 8일 애처 아이샤가 지켜보는 가운데 사망했다.

바스말라 basmalah

타스미야tasmiyah라고도 한다. 이슬람교에서 쓰는 기도문. '자비롭고 동정심이 많은 신의 이름으로'라는 뜻이다. 코란에서 처음 나온 이 기도문은 원본상의 문제가 제기되고 있는 9장을 제외한 각 장의 첫 부분에 나온다.

이슬람교도들은 중요한 어떤 행동에 신이 축복을 끌어내기 위해서 이 기도문을 인용한다. 또한 바스말라는 모든 공식 문서의 서두에, 그리고 거래가 시작될 때 사용되며 법적인 요구나 추천에 반드시 선행해야 한다. 식사 시간처럼 몇몇 일상적인 의식 전에도 간단하게 행한다. 마술사들은 바스말라를 부적에 사용하는데, 그들은 이 기도문이 아담의 허리와 가브리엘의 날개, 솔로몬의 인장, 그리고 예수 그리스도의 혀에 새겨져 있었다고 주장한다.

사마 sama

아랍어로 '듣다'라는 뜻이다. 신비적인 황홀경을 유도하고 무아경을 한층 효과적으로 하기 위해 음악과 영창조의 노래를 듣는 수피의 의식. 정통 이슬람교도들은 이 의식을 비非 이슬람적인 것으로 보았고, 그들 중 더 엄격한 교도들은 수피들의 음악과 노래, 춤과 주연酒宴을 부도덕한 행위로 간주했다. 수피들은 마호메트 자신이 코란을 영창조로 노래하라고 했으며 예배 준비를 위한 아잔adhan 또한 영창조로 노래되었음을 지적하면서 그러한 태도들에 반발했다.

수피들은 곡조와 선율이 영혼으로 하여금 신의 신체를 더욱 깊게 깨닫게 하고 신성한 음악을 더 잘 이해할 수 있게 예비해준다고 주장한다. 다른 아름다운 것들처럼 음악은 아름다움의 근원인 신에게 수피를 보다 더 가까이 이끈다. 잘랄 앗 딘 알 루미는 "사마는 (신을) 사랑하는 자의 양식이다. 왜냐하면 그 속에는 평안하고 고요한 환상이 있고, 사랑의 불은 곡조로 점화되기 때문이다."라고 말했다.

많은 수피들은 "진정한 신비주의자는 음악과 같은 형태들에서 자아를 상실하지 않고 다만 영적인 세계로 자신을 고양시키기 위해 그것들을 이용할 뿐이며 그런 다음 보다 더 깊은 의미와 실재를 경험한다."고 주장해왔다.

마울라위야 교단을 비롯한 많은 수피들은 사마에 춤을 곁들인다. 수피들은 가끔 자기들이 죽은 뒤 장례식에서 절대 슬퍼하지 말고, 그 대신 영생에 드는 것을 기념하는 사마의 모임을 열어달라고 부탁한다. 그렇지만 수피는 사마를 완전히 이해하기 위해서는 강한 금욕적 훈련이 필요하다고 경고한다. 각 개인은 사마에 몰두하기 전에 마음이 순수하고 품성이 강해야 한다. 그렇지 않으면 음악과 노래가 그의 영성靈性을 고양시키는 대신 저속한 본능을 자극하게 되므로 일부 수피들은 사마를 거부하기도 한다.

사움 sawm

아랍어로 '단식'이라는 뜻이다. 특히 라마단 기간 동안 이슬람교에서 의무적으로 행하는 종교적 단식을 일컫는다. 라마단이 이슬람교의 성서인 코란을 지상에 내려보낸 기간으로 전통적인 인정을 받고 있기 때문에 사움은 이 달 내내 지켜진다.

단식을 하는 동안은 모든 음식물과 음료수, 그리고 성행위를 일출부터 일몰까지 금한다. 이슬람 법은 아프거나 여행중인 사람들이 같은 날 수만큼 다른 시기에 단식하는 것을 허용하고 있다. 또한 각 이슬람교도들은 개인적인 이유로 라마단이 아닌 때에 사움을 할 수도 있다.

살라트 salat

모든 이슬람교도에게 부과된 일상 예배와 기도. 이슬람 성서인 코란에는 하루 네 차례의 예배만을 언급하고 있지만, 마호메트가 살아있을 때에는 각각 세정의식洗淨儀式을 치르는 다섯 번의 예배가 지켜졌다. 예배 이름은 일출al-fajr · 정오az-zuhr · 오후al-'asr · 일몰al-maghrib · 저녁al-'isha 예배이다. 질병이나 여행, 전쟁과 같은 특수한 상황에서는 이 예배 방식을 변경하거나 어느 정도 연기할 수 있다. 살라트를 개인적으로 행할 수도 있지만 사원에서 모여 예배를 드리는 것이 특별한 의미를 지닌다.

샤리아 Shari'ah

이슬람의 근본적인 개념, 즉 이슬람력으로 2~3세기(AD 8–9세기)에 체계화된 이슬람의 성법聖法. 샤리아는 다음의 네 가지 근원usul에 의거한다. 첫째, 코란, 둘째, 전승 혹은 하디스에 기록된 마호메트의 순나, 셋째, 이즈마, 넷째, 키야스 등이다. 이 중 이즈마는 코란과 순나의 의미를 밝히는 데 실질적으로 가장 중요한 요소였을 것이다. 그러나 이즈마 자체는 이상하게도 가장 불명확한 이슬람의 종교 제도로서 남아 있다. 이즈마의 전체적인 특징과 함축된 의미들은 중세 이슬람이나 현대 학문에서 결코 정확히 분석된 적이 없다.

샤하다 shahadah

아랍어로 '증언'이라는 뜻이다. 이슬람교도의 신앙 고백. "알라 외에는 신이 없다. 마호메트는 알라의 사도使徒다."라는 말이다. 모든 이슬람교도가 큰 소리로 정확하게, 그리고 단호하게 그 의미를 충분히 이해하고 마음속으로 인정하면서 적어도 일생에 한 번은 암송해야 한다.

수피즘 sufism, sufiism

신에 대한 직접적인 개인의 체험을 통해 신의 사랑과 지혜의 진리를 찾으려고 노력하는 이슬람의 신앙과 의식 형태. 수피라는 용어는 아랍어로 양털이라는 뜻의 'suf'에서 유래한 말로 초기 이슬람 수도자들이 양털로 된 옷을 입고 다닌 데서 나왔다. 이 수도자들은 아랍어로 파키르faqir, 페르시아어로 데르비시dervish로 알려졌는데 그 뜻은 '가난한 사람'이다.

이슬람 신비주의는 발전과정에 따라 몇 가지 단계로 나뉘는데, 첫째, 초기 금욕주의 단계, 둘째, 신과의 사랑을 찬미하는 고전적 단계, 셋째, 수피들의 형제적 우호 관계를 다짐하는 종단의 단계로 나뉜다. 그러나 이러한 구분과 관계없이 이슬람 신비주의의 역사는 신비주의자 개인의 신비적 체험에 크게 의존한다.

이슬람 문학에 끼친 수피 사상의 가장 큰 공헌은 아랍어 · 페르시아어 · 터키어로 지어진 매력적인 서정시이다. 수피 사상은 시에 관심을 둔 모든 사람의 마음을 움직였다. 남녀의 사랑에 관련된 시는 대부분 페르시아에서 전래된 것으로 인간과 아름다운 젊음을 노래한 것이다. 인도 이슬람교도들의 신비주의적 노래 가사에는 "영혼은 사랑을 주고 싶은 아내이며, 신은 사랑의 대상인 남편이다."라고 표현되어 있다.

사나이 · 아타르 · 루미의 페르시아어 작품은 수세기 동안 시인들에게 신비적 생각과 표현을 제공한 원천이 되었다. 또 신에 대한 찬미는 수피 시의 전형적인 양상이다. 신비주의자들은 자신들의 출신 지역의 대중에게 그들 자신의 언어로 신비로움을 전달해야 했으므로 각 지역의 민족, 지역 문화의 발전에도 크게 이바지했다.

최초의 수도원은 페르시아인 헤이르가 만들었다. 그러나 진정한 의미의 종단은 12세기 압두르 카디르가 세웠으며, 거의 전 이슬람 세계에 전파되었고 바그다드에 있는 그의 무덤은 지금도 순례객들의 성지이다.

13세기에 이르러 전 이슬람 세계에 매우 큰 종단들이 설립되었다. 이 종단들은 선교활동에 이바지했으며, 또 종종 정치적 영향력도 발휘했다. 예를 들면, 1781년에 북아프리카에서 만들어진 티자니야 종단은 그들의 영향력을 세네갈과 나이지리아까지 확대시켰고, 19세기초에 시작된 사누시야 종단은 이탈리아에 대항하여 싸웠으며 리비아 왕국을 건설했다.

순나 sunna, sunnah

아랍어로 '관습'이라는 뜻이다. 이슬람교도 공동체의 전통적인 사회적 · 법률적 관습. 이슬람교 발생 이전의 아랍에서 부족의 선조들이 제정하여 규범으로 채택하고 공동체 전체가 실천했던 선례를 일컫는 말이었다. 초기의 이슬람교도들은 순나의 내용에 대해 의견이 일치하지 않았다. 일부에서는 메디나인들을 표본으로 따르고자 했고, 다른 일부는 마호메트의 교우들의 행동을 따랐다. 한편 이슬람력 2세기(AD 8세기)에 이라크 · 시리아 · 헤자즈에서 활동한 지방 법학파들은 그들 각 지역의 전통과 그들 자신이 발전시켜온 선례에 근거한 이상적인 체계를 순나와 동일시하려 했다. 다양한 공동체의 관습을 만들어낸 위와 같은 순나의 여러 근거들은 결국 이슬람력 2세기에 법학자 앗 샤피이에 의해 정비되었다. 그는 하디스로 알려진 마호메트의 말과 행동, 그리고 그가 승인한 것을 증언에 의해 기록한 마호메트의 순나에 규범과 법적인 면에서 코란에 다음 가는 지위를 부여했다.

순나의 권위는 교의상 · 법학상 · 정치상의 여러 가지 입장에 따라 하디스가 대대적으로 조작되는 현상에 반발하여 이슬람교 학자들이 하디스학(전승된 내용 하나 하나의 신빙성을 증명하는 학문)을 발전시키면서 한층 더 강화되었다. 그 뒤 순나는 코란의 내용을 보충하기 위해 주석인 타프시르tafsir로 이용되었고, 코란에 언급되지 않는 법률적 판단의 기초인 피크fiqh에서도 활용되었다.

아잔 adhan

아랍어로 '알림'이라는 뜻이다. 이슬람교도들에게 금요일 공중 예배와 하루 다섯 번의 기도 시간을 알리는 소리. 아잔은 무아진mu'adhdhin이 행한다. 무아진은 성품이 좋은 사람 중에 가려 뽑히어 모스크에서 일하는 사람으로 작은 모스크에서는 문이나 주변에 서서 아잔을 외치고 큰 모스크에서는 첨탑에 올라가서 한다. 아잔은 원래 '기도하러 오라.'는 단순한 내용이었는데, 전승에 따르면 마호메트는 이 아잔에 더 큰 위엄을 부여하려는 생각으로 그의 추종자들에게 의견을 물었다고 한다. 이 문제는 아브드 알라 이븐 자이드가 누군가 외치는 사람이 신자들을 불러야 한다는 꿈을 꾸었을 때 해결되었다.

수니파의 표준적인 아잔은 다음과 같이 번역된다. "알라는 가장 위대하다. 알라 외에 어떤 신도 없다고 나는 증언한다. 나는 마호메트가 알라의 예언자라고 증언한다. 기도하러 오라. 구원받으러 오라. 알라는 가장 위대하다. 알라 외에 신은 없다." 첫번째 문장은 네 번 반복되고 마지막 문장은 한 번, 다른 문장들은 두 번 외치며 예배자들은 각 문장이 외쳐질 때마다 정해진 응답을 한다.

알리 'Ali

이슬람교단의 제4대 정통正統 칼리프다. 그가 칼리프에 오른 것이 정당한 것인가 아닌가 하는 문제가 이슬람교를 수니파와 시아파로 분리시키는 주요 원인이 되었다.

시아파는 알리를 예언자의 유일하고 진실한 계승자로 간주했다. 사우디아라비아 메카에서 태어났다. 쿠라이시 족族 하심 가家의 사람이며 마호메트의 사촌 동생으로 마호메트의 딸인 파티마와 결혼하여 두 아이를 낳아, 마호메트의 유일한 핏줄인 후손을 남겼다. 이슬람교 초기 귀의자로 마호메트의 원조자였고, 또한 교양이 높았고 용감했다. 제3대 칼리프인 B.A. 오스만이 암살된 뒤 메디나에서 칼리프로 뽑혔으나, 우마이야 가家의 무아위야를 비롯한 메카의 유력자들의 반대를 받았다. 반대파와의 싸움의 혼란 속에서 시리아와 이집트를 잃고 이라크의 쿠파로 옮겨 항쟁하는 한편 타협에 힘쓰던 중, 그를 배반한 하리지트 파派의 자객에게 암살되었다. 그를 매장한 이라크 중부의 유프라테스 강가의 도시인 나자프는 지금도 시아파의 성지聖地로 손꼽힌다.

우술알피크 usul al-fiqh

이슬람의 고전 이론에서 네 가지 법의 근원. 코란 · 순나 · 이즈마 · 키야스 등이다. 이슬람력 2세기(8세기) 경부터 시작된 이슬람화 과정의 산물로 앗 샤피이 때 체계화되었다. 초기의 네 칼리프와 우마이야

왕조 시대에 법은 종교와 분리되어 존재했으며 일반적으로 이국적(로마식 · 비잔틴식 · 유대식 · 페르시아식) 성격을 가진 이슬람 이전 시대의 기구들을 통해 구현되었다. 그 뒤에 이라크 · 헤자즈 · 시리아 법학파로 분류된 독실한 이슬람교도 학자들은 이슬람적 시각에서 법을 재해석하기 시작했고, 앗 샤피이는 해석의 기준, 즉 우술을 확립함으로써 이러한 이슬람화 과정을 완성했다. 그러나 개별적인 원칙들을 활용할 수 있는 길은 후대 학자들에 의해 법 이론 가운데 정착되었다.

움라 'umrah

이슬람교도가 메카에 들어갈 때마다 행하는 작은 순례. 메카에 살고 있는 이슬람교도들도 원한다면 움라를 행할 수 있는데 이것은 칭찬받을 일로 여겨진다. 이슬람에서 제일 중요한 순례로 신자들의 의무인 하즈와 비슷해서 혼동하는 경우도 흔히 있다. 순례자는 움라와 하즈를 따로 분리해서 행할 수도 있고 함께 할 수도 있다.

이슬람의 다섯 기둥 Arkan al-Islam

이슬람교도들이 준수해야 할 5가지 의무. 즉 신앙 고백인 샤하다shahadah, 규정된 방식으로 매일 5회씩 실행하는 기도 의식인 살라트salat, 가난한 사람과 빈궁한 사람을 도와주기 위해서 징수하는 자선세인 자카트zakat, 라마단 달 동안의 단식인 사움sawm, 메카로 가는 대순례인 하즈hajj이다.

이스나드 isnad

'지주支柱'라는 뜻의 아랍어 'sanad'에서 유래했다. 이슬람에서 마호메트의 발언 · 행동 · 찬반贊反 사실에 관한 기록인 하디스를 전한 사람들의 목록. 마호메트의 교우들 중 한 사람과 그 후세대의 전승자들이 포함되어 있다. 이스나드의 신빙성이 하디스의 타당성을 결정한다. 이스나드는 본문의 앞부분에 서술되며 다음과 같은 형태를 취한다.

"나는 A에게서 들었고, A는 B에게서 들었고, B는 C에게서 들었고, C는 D(대개 마호메트의 교우)에게서 들었는데 마호메트가 말하길…."

마호메트의 생존시와 그의 사후에 하디스는 보통 그의 교우들과 동시대인들에 의해 글 앞부분에 이스나드 없이 인용되었다. 1-2세대가 지난 뒤 본문의 권위를 높이기 위해 이스나드가 덧붙기 시작했다. 이슬람력으로 2세기에 이르러 하디스에 구현된 예언자의 모범 언행이 이슬람교도 공동체에서 발전된 지역 관습을 누르고 이슬람식 생활 양식의 규범인 순나로 확립됨으로써 정교한 이스나드에 의해 입증된 하디스를 대대적으로 만들어내는 결과를 낳게 되었다.

하디스가 실질적으로 모든 이슬람학 연구, 특히 코란 해석tafsir과 법 이론fiqh의 기본이었으므로 이슬람교도 학자들은 어느 것이 진짜인가를 과학적으로 결정해야 했다. 이것은 일련의 전달자들의 연속성과 권위자의 신빙성과 전통성에 따라 각 하디스의 등급을 정하면서 이스나드를 엄밀히 조사하는 것이었다. 무스나드Musnad로 알려진 가장 믿을 만한 하디스의 초기 편찬물은 이스나드에 따라 배열되었다. 즉 하디스를 전한 예언자의 교우에 따라 분류한 것이었다.

이 중 가장 주목할 만한 것은 2만 9,000여 전승을 포괄한 아흐마드

이븐 한발(855 죽음)의 무스나드였다. 그러나 무스나드는 효율적으로 이용하기가 불편하여 나중에 편찬된 무산나프musannaf에서는 주제별로 하디스를 분류했다.

이즈라일 'Isra'il

이슬람에서 육체와 영혼을 분리시키는 죽음의 천사. 네 명의 대천사 중 한 천사(나머지 셋은 지브릴 · 미칼 · 이스라필)로, 크기가 거대하며 날개는 4,000개이고 몸은 살아 있는 인간의 숫자만큼 많은 눈과 혀로 형성되어 있으며, 한 발은 제4(혹은 제7)의 천국을 딛고 다른 한 발은 낙원과 지옥을 가르는 칼날 같은 다리를 딛고 서 있다. 인간이 창조되기 전에 이즈라일은 신에게 인간을 만드는 데 필요한 재료를 가져다주기 위해 지상에 내려와 악마 이블리스의 떼거리에 맞서 대항하는 용기를 지닌 유일한 천사였다. 이런 봉사의 덕택으로 그는 죽음의 천사가 되었고 모든 인간의 행적기록부를 맡게 되었다. 이즈라일은 축복 받은 사람의 이름(빛으로 원을 그렸음)과 저주받은 사람의 이름(어둠으로 원을 그렸음)을 식별할 수 있지만, 사람의 이름이 적힌 잎이 신의 옥좌 아래에 있는 나무에서 떨어지고 나서야 그 사람이 언제 죽을 지 안다. 그러면 그는 40일 후에 육체와 영혼을 분리해야 한다.

이즈마 ijma

아랍어로 '합의'라는 뜻이다. 이슬람의 어떤 원칙에 대한 이슬람 공동체 내의, 혹은 특히 이슬람교도 학자들간의 보편적인 절대 무오류의 합의. 이 '합의'는 하디스의 "나의 사람들은 결코 오류에 동의하지 않을 것이다."라는 말에 기초하며, 이슬람의 법률학, 우술알피크usul al-fiqh의 4개의 법원法源 중 세 번째의 구성요소이다. 사실상 이즈마는 다른 '우술usul(원리)'의 의미를 정의하고 따라서 이슬람 공동체의 교의와 관례를 결정하는 가장 중요한 요소이다.

이슬람 역사에서 이즈마는 항상 멀거나 가깝거나 과거에 이루어진 합일을 의미했고 결코 동시대의 일치를 나타낸 것이 아니었다. 따라서 이즈마는 전통적 권위의 일부로서 그것의 근원은 마호메트가 살았던 메디나의 신앙과 관습의 권위를 이슬람 공동체가 인정했던 초기 시대까지 거슬러 올라간다. 또한 이즈마는 이슬람 내부에서 서로 다른 전통에 대한 관용의 원리로서 작용했다. 예를 들면 4대 법학파madhab는 똑같은 권위를 부여받았으며, 이슬람으로 개종한 비非 이슬람교도들이 가져온 많은 관습들의 가치를 인정했다. 현대 이슬람 사회에서 이즈마는 전통적인 권위와의 관련성을 상실했으며 민주적인 제도나 개혁의 수단으로 사용한다.

이즈티하드 ijtihad

아랍어로 '노력'이라는 뜻이다. 이슬람법에서는 코란, 하디스 및 이즈마에서 정확하게 취급하지 않은 문제의 독자적 또는 독창적 해석을 뜻함. 초기 이슬람 공동체에서는 적합한 자격을 갖춘 법학자는 모두 주로 라이ra'y(개인적 판단)와 키야스qiyas(유추) 같이 독창적으로 사고할 권리를 갖고 있었는데, 그들을 무즈타히드mujtahid라고 불렀다.

그러나 압바스 왕조 때에 법학파의 등장이 구체화되면서 수니파는 이슬람력 3세기말 경에 '이즈티하드의 문'이 닫혔고, 어떠한 학자도 무즈타히드의 자격을 가질 수 없다고 주장했다. 그 뒤를 이은 모든 시대의 법학자들은 위대한 선임자들의 권위를 무조건 받아들이는 타클리드 taqlid(모방)에 매여 있어서 기존 선례에서 나온 법률적 견해나 겨우 내놓을 수 있었다.

소수파인 시아파는 이 점에서 순나를 결코 따르지 않았으며 아직도 그들의 지도적인 법학자를 무즈타히드로 인정하고 있지만, 실제로는 융통성 면에서 시아파의 법이 수니파의 법보다 나은 점이 거의 없다. 이란의 시아파에서는 무즈타히드가 공식적인 교의의 수호자 역할을 하는데, 그들의 위원회는 이슬람 법규에 어긋나는 어떠한 법률도 거부할 수 있다. 이븐 타이미야와 잘랄 앗 딘 수유티 같은 몇몇 유명한 수니파 학자들은 스스로 무즈타히드라고 대담하게 선언했다.

19~20세기의 개혁 운동에서는 이즈티하드를 다시 채택해 수세기를 통해 생긴 해로운 변혁으로부터 이슬람을 구하는 수단으로, 또 현대 세계에서 생활상의 요구에 이슬람을 적응시키는 개혁의 도구로 사용하자고 외쳤다.

이흐람 ihrbam

이슬람교도가 하즈나 움라를 하기 전에 갖추어야 하는 신성한 상태. 순례를 시작할 때 무슬림은 지정된 장소에 서서 정결 의식을 행한다. 남자는 머리와 손톱, 수염을 깎고 2개의 천으로 된 이음매 없는 흰옷을 입는다. 여자들도 흰옷을 입는데 특별히 규정된 복장은 없지만 전통에 따라 장옷을 입는다. 정화淨化 기간 동안 이흐람 상태의 순례자는 신과 특별한 관계를 갖고 있으므로 성행위나 이발, 손톱 깎기 등이 모두 금지된다. 매일 다섯 번씩 반복하는 예배 의식인 살라트를 행하는 동안 예배자의 상태를 나타낼 때에도 이흐람이라는 말을 쓴다.

자카트 zakat

이슬람교도들이 의무적으로 내야 하는 세금. 자카트는 다음 다섯 가지 범주의 재산, 즉 곡물, 과일, 가축(낙타 · 소 · 양 · 염소), 금 · 은 · 동산動産에 부과되며 소유한 지 1년 뒤부터 해마다 지불해야 한다. 종교법에 의해 규정된 부과액은 범주에 따라 다르다. 자카트 수령인으로는 빈궁한 자들, 세리 자신들, 그리고 위로해줄 필요가 있는 사람들, 예를 들면 불화 중에 있는 부족, 채무자들, 지하드[聖戰] 지원자, 순례자 등이 있다. 칼리프 통치하에서 자카트의 징수와 지출은 국가의 기능 중 하나였다. 그러나 비종교적인 세금이 증대하면서 자카트를 효과적으로 규정하고 완전히 징수하기는 점점 더 어려워졌다.

현대 이슬람 세계에서는 샤리아가 엄격히 지켜지고 있는 사우디아라비아와 같은 나라들을 제외하고 자카트는 개인의 자발성에 맡겨진다. 코란이나 하디스에서도 사다카(자발적인 자선)를 강조하고 있다. 이것도 자카트처럼 궁핍한 사람을 위해 쓰여지게 된다.

지크르 zikr, dhikr

아랍어로 '언급'이라는 뜻이다. 이슬람교의 신비주의자들이 신을 찬송하고 정신적 성숙에 도달하기 위해 암송하는 기도문. "그대가 잊고 있을 때 그대의 신을 상기하라."와 "오오, 믿는 자들아! 분명한 기억력으로 알라를 기억하라udhkuru"는 코란의 명령에 근거를 둔 지크르는 본질적으로 신의 이름을 자주 되풀이함으로써 신을 '기억'하는 것이다. 원래는 수도자들과 신비주의자들이 코란을 비롯한 여러 종교 서적을 단순히 암송했지만, 차츰 문구(예를 들면, '알라 이외에 다른 신은 없다'[la'ilaha illa'llah], '알라가 가장 위대하다'[Allahu akbar], '알라를 찬양하라'[alsamdu li'llah], '알라여, 나를 용서하소서'[astaghfiru'llah])가 정해지게 되었다. 수피들은 규정된 자세를 취하고 호흡을 하며 이 문구를 큰 소리나 작은 소리로 되풀이한다. 수피 교단이 창설되자 각 교단은 특정한 지크르를 채택하고, 혼자(예를 들면 하루에 5번씩 의무적으로 드려야 하는 기도가 끝날 때마다) 또는 여럿이 함께 이 문구를 암송하게 했다. 지크르는 피크르fikr(명상)와 마찬가지로 수피들이 신과 일체감을 얻으려고 애쓸 때 사용하는 방법이다.

지하드 jihad

아랍어로 '투쟁' 또는 '전투'라는 뜻이다. 이슬람교도에게 전쟁에 의해 이슬람을 전파하도록 하는 종교적 의무. 지하드는 원리나 신앙을 위해 벌이는 투쟁을 의미하게 되어 종종 '성전聖戰'으로 번역된다. 이슬람은 지하드의 의무 수행을 마음 · 혀 · 손 · 칼에 의한 네 가지 방법으로 구분하고 있다.

첫째는 악마와 싸워 악으로 이끄는 그의 유혹을 이겨내어 자신의 마음을 정신적으로 정화하는 데 있다. 혀와 손을 통한 이슬람의 전파는 옳은 것을 지지하고 잘못된 것을 바로잡는 것으로 대부분 달성된다. 의무를 수행하는 네 번째 방법은 이슬람 신앙을 믿지 않는 적들에 대항하여 몸소 전쟁을 치르는 것이다.

신의 계시에 대한 믿음을 고백한 사람들(특히 기독교도들과 유대교도들)은 특별한 고려의 대상이 되었다. 그들은 이슬람으로 개종하거나 적어도 이슬람 통치에 순종하여 인두세와 토지세를 물 수 있었다. 만약 두 선택이 모두 거부된다면 지하드가 선언되는 것이다.

현대 이슬람은 자기 자신과의 내면적 전쟁을 특별히 강조하며 다른 국가와의 전쟁은 이슬람이 위험에 처했을 때 방어적 수단으로 허용된다. 이슬람 역사에서 비非 이슬람교도와의 전쟁은 비록 정치적인 의미가 강하다 하더라도, 종교적 의미를 부각시키기 위해 지하드라는 이름으로 불렀다. 이러한 경향은 18, 19세기 사하라 이남의 이슬람권 아프리카에서 특히 심하여 이곳에서는 종교적 · 정치적 정복을 지하드로 본다. 가장 두드러진 예는 우스만 단 포디오의 지하드로 이것에 의해 지금의 북부 나이지리아 지역에 소코토 칼리프 체제를 세웠다.

코란 Qur'an, Koran

이슬람의 경전. 이슬람교도Muslim들은 코란이 태초의 신의 말씀으로 가브리엘 천사가 알라의 명을 받아 문맹文盲인 예언자 마호메트라는 복사기를 통해 한 자, 한 획도 빠짐없이 그대로 인류에게 전달했다고 믿는다. 따라서 이 신성한 절대신의 말씀을 운율에 맞추어 낭송하는 것은 기독교인들이 찬송가를 부르는 것이나 스님들이 불경을 읽는 것과 비슷한 것이다. '코란'이란 말은 아랍어 동사 '읽다qa raa'a'에서 나온 파생어로 '읽는 것', 즉 '독경讀經'을 뜻한다. 오늘날 이슬람교도들이 읽고 있는 코란은 예언자 마호메트가 사망한 지 20년이 지난 제3대 칼리프 우스만 이븐 아판 때에 완성되었다. 이때 양피지나 가죽, 야자나무 껍질 등 여러 군데 흩어져 씌어 있는 코란의 구절을 모아 비단과 파피루스에 다시 수록하여 기본 경전으로 만들었다.

코란은 114장 6,200여 절로 나누어져 있고 가장 긴 장章은 오늘날의 인쇄물로도 30여 쪽이 되지만 짧은 것은 불과 3, 4행으로 구성되어 있다. 메카 초기의 계시는 주로 인간의 내면적인 것, 즉 절대 신과의 관계와 임박한 최후의 심판 등을 다룬 내용으로, 그 문체는 시의 운율로 되어 있지만 산문체이다. 반면 메디나에서 받은 계시는 주로 인간의 외면적인 것이어서 그 내용은 움마의 행정과 그 구성원들의 일상 생활에 관한 것이 많으며 서술적인 문체이다. 이 메디나의 계시에는 구약이나 신약 성서에서 유래한 이야기나 일화도 다수 포함되어 있으나 그 내용은 변형된 것이 많다.

코란은 아랍어 기록 문헌 중에서 가장 오래되었을 뿐만 아니라 아랍 문학에 미친 영향 또한 지대하여 그에 버금가는 아랍 문헌은 없다고 해도 과언이 아니다. 또한 고대 아랍 문학의 특징인 심취적 요소를 수준 높게 다듬어놓은 모형이어서 오늘날까지 아랍어가 분열되지 않게 막아준 파수꾼 역할을 했다.

코란의 어휘 하나하나는 이슬람교도에게 모두 신성한 것이자 절대 진리이기 때문에 그것을 올바로 이해하고, 그 가르침에 따라서 법률을 도출해야 올바른 이슬람 성법聖法이 된다. 더구나 이슬람교도들은 예언자 생존시부터 국가 권력을 장악했기 때문에 통치 수단으로서의 성법이 전제되어야 했다. 따라서 그 해석학이 일찍부터 발달했으며, 특정한 구절의 해설을 확정시켜 만든 책이 발간되기도 했다. 그러나 시대의 변화와 함께 새로운 해설이 권위를 가지게 된 예도 허다하다. 유명한 해설서로는 타바리, 자마흐샤리, 파흐룻 딘 알라지의 것이 있으며, 최근 것으로는 마호메트 아브두와 그의 제자 리시드 리다의 해설서가 유명하다. 그러나 이 모두는 수니파의 것이다. 시아파의 해설에는 투시의 것이 명성이 높으며, 신비주의자들에게는 이븐 알 아라비의 것이 주목을 끌고 있다.

키블라 qibla, qiblah, kiblah

이슬람교도들이 매일 다섯 번씩 살라트를 올릴 때 향하는 메카의 카바 신전 방향. 622년 마호메트는 메디나로 이주한 직후 예루살렘을 키블라로 정했는데, 아마도 유대교의 영향을 받은 것 같다. 유대교도와 이슬람교도의 관계가 더 이상 전망이 없어 보이자 마호메트는 메카로 키블라를 바꾸었다.

키블라는 예배뿐만 아니라 매장 의식에도 적용된다. 도살당한 짐승들을 포함하여 사체들은 메카를 향해 매장된다. 모스크의 키블라는 메카를 향한 모스크 벽 내부의 움푹 들어간 자리인 미흐라브에 의해 표시되어 있다.

키야스 qiyas

이슬람 법에서 코란과 순나로부터 법률 원리를 연역해내는 유추적 추론, 코란 · 순나 · 이즈마와 함께 이슬람 법학 우술알피크의 4대 법원法源을 이루고 있다. 마호메트 사후에 이슬람 국가가 영토 확장으로 인해 코란과 순나의 범위 밖의 사회와 상황에 접하게 되면서 키야스의 필요성이 대두되었다. 어떤 경우에는 이즈마로 해결책을 합법화했거나 문제를 해결했다. 그러나 과거의 관행과 믿음에서 유추한 것에 기초하여 새로운 믿음과 관행을 연역해내는 키야스가 더욱 빈번해졌다. 이스람교도 학자들은 키야스를 독창적 해석과 사상인 이즈티하드의 일반적 개념에 대한 특수한 변형으로 간주한다. 키야스는 또한 개인적인 생각과 견해인 '라이'와도 관련된다. 라이는 키야스의 선구적 형태로 전통적인 권위자들에 의해 지나치게 임의적이라고 비판받았다.

파나 fana

아랍어로 '소멸' 또는 '존재의 중지'라는 뜻이다. 자아의 완전한 부정과 신에 대한 깨달음. 수피는 이것을 신과의 합일을 성취하기 위해 취하는 하나의 단계로 본다. 파나는 인간적인 속성을 비판하고 지속적으로 묵상하며 신의 속성에 대해 명상함으로써 성취할 수 있다. 수피가 세속적인 자신을 완전히 정화시키는 데 성공하고 신의 사랑 안에서 자신을 버릴 때, 그는 자신의 의지를 '소멸시키고' 그 자신의 존재를 '초월하여' 오로지 신 안에서 신과 합일된 삶을 살게 되었다고 할 수 있다.

많은 수피들은 자신을 세속적인 욕망에서 해방시키고 인간의 불완전성을 인식하여 비난하는 것이 모든 경건한 자들에게 필요하다 하더라도, 그러한 미덕들이 수피주의의 길을 선택한 사람들에게 불충분하기 때문에 파나만이 부정의 상태라고 주장한다. 그러나 파나 안 알 파나fana' 'an al-fana('소멸로부터의 소멸')를 통해, 수피는 그의 인간적 속성을 소멸시키고 세속적인 존재에 대한 모든 의식을 버리는 데 성공한다. 이어서 그는 신의 은총을 통해서 거듭나게 되고 비밀스러운 신의 속성이 그에게 드러난다. 오직 그가 온전히 의식을 되찾은 뒤에 바카baqa'(생존)의 더 장엄한 상태에 도달할 수 있고, 결국 신에 대한 직접적인 환상을 접할 수 있는 준비 상태로 들어간다.

일부 수피주의 학자들이 파나의 개념을 불교에서의 열반nirvan'a 개념과 비교해 왔지만, 니르바나가 결코 신의 사상과 연결되어 있지 않은 반면, 전능하고 무소부재한 신에 대한 개념이 모든 수피 교의에서 명백하게 두드러지기 때문에, 이러한 시각은 보편적으로 폐기되었다. 기독교가 파나를 통해 수피 교의에 미친 영향 역시 분명하지 않지만, 기독교와 이슬람교의 신비주의는 모두 신과의 합일을 향한 단계의 하나로서 인간 속성을 '소멸시키는' 원리에 근거하고 있다. 많은 이슬람교도 학자들은 다른 수피교들과 마찬가지로 파나가 전적으로 이슬람의 교리에 근거한다고 주장한다. 그러나 학자들은 종종 다음 코란의 문구를 파나의 직접적인 원천으로 인용했다. "창조된 모든 존재는 '소멸'을 경험하는데, 그곳에 존엄하고 관대한 신의 얼굴이 남아 있다."

피크 fiqh

아랍어로 '이해'라는 뜻으로, 이슬람 법학을 말한다. 이슬람법인 샤리아의 정확한 용어를 확인 · 조사하는 학문이라는 의미이다. 이슬람 법학을 집대성한 자료로는 우술알피크가 있다.

타프시르 tafsir

아랍어로 '해설'이라는 뜻이다. 이슬람교의 경전인 코란을 해설하는 학문. 마호메트의 해설을 직접 들을 수 있던 마호메트와 동시대 사람들은 신의 계시에 대해 인간이 해설하는 것을 삼갔으며, 이 현상은 마호메트가 죽은 뒤에도 계속되었다. 그럼에도 불구하고 코란에 대한 언어학적 원문 대조 주석들이 말과 글로 대량으로 나왔다. 새로 글로 편집된 코란은 코란의 장章을 배열하는 데 있어 역사적인 연속성이 결여되었고, 때로는 불완전한 아랍어 필체 때문에 원문의 내용이 애매해지거나 독송이 서로 상충되었으며, 대체로 추측에 의존해야 했으므로 주석이 필요하게 되었다.

초기에 나온 주석은 그 판단이 독단적이어서 흔히 주관적인 해설이라는 비웃음을 샀다. 이슬람력으로 2, 3세기(8, 9세기)에 코란을 체계적으로 구절별 · 단어별로 주석을 다는 코란 주석학'ilm at-tafsir이 나오게 되었으며, 타프시르학學은 여러 단계를 거쳐 발전했다. 역사학자 앗 타바리가 편찬한 기념비적인 주석은 그때까지 만들어졌던 전통적인 학문을 최초로 모은 것이다. 19, 20세기에는 타프시르가 이슬람을 부흥시켜 새롭게 하려고 하는 현대주의자들의 도구가 되었다.

타하주드 tahajjud

아랍어로 '밤샘'이라는 뜻이다. 이슬람의 관습에서 밤새도록 코란을 암송하고 예배하는 의식. 일반적으로 타하주드는 순나(관행)로 간주되며 파르드(의무)로 간주되지는 않는다. 코란에는 밤에 음송하는 것을 권장하는 구절이 많으며, 또 어떤 구절에는 이러한 의식이 '자발적인 노력'으로 남아 있어야 한다고 씌어 있다. 경건한 이슬람교도들은 매일 다섯 차례의 예배가 제도적으로 정착된 후에도 철야기도를 계속한 예언자 마호메트를 따라 일종의 금욕주의적인 형태로 모든 장소에서 타하주드를 실시한다. 이슬람 법학인 피크에서 보면 스스로 원하는 만큼 타하주드를 못하게 하는 것은 비난받아야 한다고 씌어 있다. 전승에 의하면 타하주드를 하면 사탄이 잠자는 사람의 머리카락으로 만들어 놓은 매듭이 풀어진다고 했다.

하디스 Hadith, Hadit

아랍어로 '소식' 또는 '이야기'라는 뜻이다. 예언자 마호메트에 관한 구전 전승. 이슬람에서 도덕의 지침으로 또한 종교법의 주요 원천으로서 존중된다. 하디스의 발달은 이슬람 역사 초기 3세기 동안 활력소 역할을 했다. 하디스에는 이슬람 사상과 정신이 잘 반영되어 있으며, 이슬람 공동체의 순나sunnah(관행)를 포함하고 있다. 완전한 하디스는 모두 두 부분, 즉 본문과 그 앞에 오는 이스나드isnad(전달 과정)로 구성되어 있다. 예를 들면 "나는 야히아에게서 들었고, 말리크는 나피에게서 들었고, 나피는 아브드 알라 이븐 오마르에게서 들었는데 마호메트가 말하길 '만일 누가 수정이 된 종려나무를 팔 때, 사는 자가 그 열매에 대해 자기 것이라고 명기하지 않았으면 그 열매는 파는 자의 소유이다.'라고 하셨다.

이러한 형태는 히즈라력 2세기초에 나타나기 시작했으며 즉시 글로 옮겨졌다. 그러한 전승들은 소위 전승학자들의 노력에 의해 전해지게 되었다. 이들은 이미 수세기 동안 이슬람 세계 내에서 이슬람 생활 방식의 근거를 관습에 두고 있었던 데 반대하고 예언자 마호메트에게서 시작된 개별적인 선례에 따르고자 했다. 그 때문에 이스나드가 잘 갖추어진 전승이 대량으로 나왔으며 이스나드도 더욱 세분화되었다. 그 결과 정치적 소망이나 그밖에 기대가 담긴 예언은 물론이고 법적 · 정치적 선례를 규정하는 이슬람 초기 역사를 비롯하여 이슬람 법과 교리에 관한 초기의 견해들도 대부분 전승 형태로 재구성되었으며, 이러한 방식을 통해 그 속에 내포된 특수한 의도를 감추려고 했다.

이슬람 학자들은 이러한 문제점을 알고 있었지만 예언자 마호메트의 언행을 공식적으로 신빙성 있게 진술한 것만을 받아들여야 하는 원칙에 얽매여 이스나드, 즉 전승자의 진실성과 정통성에 대한 면밀한 검토에만 매달릴 수밖에 없었다. 그렇지만 그들의 기준이라는 것이 사실은 문제가 된 전승이 대다수 사람들에게 받아들여지고 있는가 하는 데 있었다. 이러한 검토의 결과가 정통 이슬람에서 권위를 인정받는 6권의 전승 모음집으로 나왔다. 이것들은 모두 히즈라력 3세기에 완성되었다. 이 시기에는 이슬람 법이 이미 최종적인 형태를 갖춘 후이므로 전승에 대한 연구는 옛 것을 좋아하는 사람들의 관심의 대상이 되었을 뿐이지만, 이 책들이 이슬람 사상에 준 영향은 크다. 비평학에서 하디스는 이슬람 초기 수세기 동안의 교리 발전을 연구할 때 중요한 자료로 이용되고 있다.

하즈 hajj, hadjdj, hadj

이슬람에서 사우디아라비아에 있는 메카를 순례하는 것. 모든 성인 이슬람교도는 남녀를 막론하고 일생에 적어도 한 번은 순례해야 한다. 순례 의식은 이슬람력의 마지막 달인 '순례의 달Dhual-Hijjah' 7일에 시작하여 12일에 끝난다. 하즈는 신체적 · 경제적으로 순례의 능력이 있는 모든 이슬람교도에게 부과된 의무이다. 그러나 그가 떠남으로써 그의 가족이 고생을 겪을 경우에는 면제될 수 있다. 대신에 순례할 친척이나 친구를 정하여 대리로 순례를 할 수도 있다. 순례의 형식은 예언자 마호메트가 정했다. 그러나 그 자체가 여러 가지 형태로 변화했기 때문에 순례자들이 엄격하고 형식적인 일정을 그대로 따르지 않고 본래의 순서와 관계없이 메카의 여러 지역을 방문한다. 하즈를 수행한 이슬람교도들은 자신의 이름에 하즈hajj라는 칭호를 붙일 수 있다.

히즈라 Hijrah, Hejira, Hijra

아랍어로 '도주', '이주'라는 뜻이다. 예언자 마호메트가 박해를 피해 메카에서 메디나로 이주한 사건(622년). 이 날짜가 이슬람의 히즈라력 원년元年이 되었다. 마호메트 자신도 편지, 조약, 그리고 그의 생애에 여러 사건들을 겪은 후에 발표한 포고문에 이 연대를 썼다. 히즈라력(지금은 '헤지라 기원으로'라는 뜻의 라틴어 Anno Hegirae의 머릿글자인

AH로 표시함)의 기원을 AD 639년(AH 17)으로 정한 사람은 제2대 칼리프인 우마르 1세였다. 우마르는 AH 원년의 시작을 음력인 무하람 제1일로 했는데 이 날은 서기로는 622년 7월 16일이다. 1677~78년(AH 1088) 오스만 제국은 히즈라력을 계속 쓰면서 양력인 율리우스력을 사용했기 때문에 양력과 음력의 차이로 2개의 히즈라 날짜 기입법이 생기게 되었다.

히탄 khitan

이슬람교에서의 남성의 할례. 넓은 뜻으로는 여성의 할례khafd에도 적용된다. 이슬람의 전승인 하디스에는 히탄을 아랍인들 사이에서 행하던 이슬람 이전 시대의 관례로 보고 콧수염 손질, 손톱 깎기 및 치아를 이쑤시개로 깨끗이 하는 것과 같은 범주에 넣었다. 그러나 히탄의 중요성에 대한 의견이 항상 일치하지는 않는다.

이슬람 법학자 샤피이야는 히탄을 남녀 모두에게 필수적인 것으로 규정한다. 반면 말리키야는 히탄을 가치 있고 권장할 만한 관습(순나)임은 인정하지만 필수적인 것으로 보지는 않는다. 또 히탄을 행할 나이에 대해서도 서로 일치하지 않는다. 즉 출생 후 7일째 되는 날을 권하는 경우도 있고, 10세 이전까지는 히탄을 금하는 경우도 있으며, 간단히 성인이 되기 전으로 규정하는 경우도 있다. 신자들은 히탄을 법학자들이 생각하는 것보다 훨씬 중요시한다.